文芸社セレクション

ライオンたちの神話

有里 蓮

JN106895

文芸社

目 次

Ⅰ ……………………………………………………………… 5

Ⅱ ……………………………………………………………… 69

Ⅲ ……………………………………………………………… 76

Ⅳ ……………………………………………………………… 87

Ⅴ ……………………………………………………………… 89

Ⅵ ……………………………………………………………… 113

Ⅶ ……………………………………………………………… 120

Ⅷ ……………………………………………………………… 126

Ⅸ ……………………………………………………………… 141

── エピローグ ── ……………………………………………… 144

＜作者あとがき＞ ……………………………………………… 148

「ライオンたちの神話」に寄せて

　　　　　　　萩原孝一（在地球宇宙人）…… 150

I

「ごめんなさい」

「ありがとう」

「さようなら」

　お父さんの寝顔、お母さんの寝顔、お兄ちゃん、そしてお姉ちゃん。それぞれの寝顔をじっくりと見つめながら、心の中で三つの言葉を繰り返した。それから、お母さんの横で眠る妹と弟が自分と似ていなかったことを改めて嬉しく思い、このまま幸せに成長することを願いながら別れの言葉を告げた。最後に仲間たちの寝顔も、しっかりと目に焼き付けるように見つめながら、全員に別れの挨拶を終えると、誰にも気づかれないように、そっと暗闇の中へと入っていった。

　月の無い、まるでこの地球の活動がすべて停止しているかのように、暗く静かな夜だった。

　ライオンは、月の無い夜が来たら計画を実行しようと心に決めていた。けれど、この日が来るまでずっと迷い続けていた。なので、この日が来るのが本当は怖かった。いっそこのまま、この計画のことは忘れてしまおうか…とも思ったけれど、そうしたところで何も変わらないことは、ライオン自身が痛いほどわかっていた。

「今日しかないんだ！」
　そう決意しなおし、みんなの寝息がしっかりと聞こえてくるのを確認してから計画を実行した。

　みんなに気づかれにくいことを考えて、なるべく暗い夜を選んだけれど、夜に出歩いたことなど一度もなかったライオンにとって、この暗闇がより一層不安な気持ちをあおることになるとは想像もしていなかった。ライオンは不安に襲われながらも、万一誰かが目を覚まして自分が居ないことに気づいてしまっても、身を隠すことができるように、小高い丘の上にある森を目指して歩き始めた。

　ライオンは音を立てないようにゆっくり慎重に歩いていたので、丘にたどり着いたときには少しだけ闇に慣れたように思っていた。けれど真夜中の得体の知れない怪

物のような森を前にした途端、脚が小刻みに震え始めた。それでも勇気を出してそっと脚を前へと踏み出したとき、そのほんの小さな足音に気づいた敏感な鳥たちが一斉に逃げたので、その羽ばたきの大きな音と、木が不気味に揺れる姿に、ライオンの方が逃げ出したい気持ちになった。

　ライオンは計画の最終段階にたどり着く前に、心が折れてしまうような気がし始めた。けれど引き返すこともできず、こわごわと脚を前に進めた。

「こんな時間にライオンが何をしておるのじゃろう？」
　ひときわ大きな木の前を通り過ぎようとしたとき、突然頭の上から声がしたので、ライオンは反射的にうなり声をあげて体を硬直させた。そして声の正体が何者なのかを確かめたかったけれど、恐怖のあまり頭を動かすことも、目を閉じることもできず、ただだだ身を固めて暗闇をにらんでいた。すると、
「なんじゃ！　まだ子どもじゃの？」
　と、また同じ声が聞こえてきたので、今度は勇気を出して恐る恐る頭を上に向け、声のした方を目を凝らして見てみると、薄暗い木の枝にとまる一羽のふくろうが目に入った。それと同時に、またふくろうが、

「さては迷子にでもなったか…」

　と独り言のように小さくつぶやいたので、ライオンは声の主がわかった安心感と、子ども扱いされていることに腹を立て、大きな声で言い返した。

「僕は迷子なんかじゃないっ！」

　すると今度はふくろうが驚いて小さな悲鳴のような声を上げると、そのあとしばらく黙り込んでしまった。

　ライオンはふくろうが何も言わないけれど、首を右に、少し間を空けて左にと、交互に何度も傾けているので、何か大事な考え事をしているのだろうと思って見ていた。けれどあまりに沈黙が続くので、辺りの様子を確認しようときょろきょろ見回し始めたとき、ようやくふくろうがゆっくりと確認するように口を開いた。

「お前は、わしの言葉がわかるのか？」

　長い沈黙を破る言葉が、また自分を子ども扱いしているものだと受け取ったライオンは、

「言葉くらいわかるよ！　僕はそんなに子どもじゃないっ！」

　と更に声を大きくして不機嫌に言った。ふくろうは、そんなライオンの言葉に反応することもなく、また黙り込んでしまった。けれどしばらくして、ふと思いついたように聞いた。

「では、迷い込んだのではないとすると、お前はこんな

時間に一体何をしておるのじゃ？」

　今度はライオンが黙り込んだ。

　まだ少し幼さが残るライオンでも、自分が考えた計画を正直に大人に話せば、怒られるだろうということを直感的に感じていた。かといって下手な言い訳をしても、この丘からはライオンが暮らす群れの棲み処が小さく見えている。眠れなくて散歩をしていたなんて言っても、時間がたてば戻れと言われるに違いない… ライオンが、何か上手い言い訳がないかと考えていると、

「なぜ黙っておるのじゃ？」

　とふくろうの促す声が聞こえた。

「別に…。僕が何をしようとしてるかなんて、あなたに言う必要はないですよね？」

　結局ライオンは上手い言い訳が見つけられず、開き直るようにそう言うと、ふくろうから早く離れたい一心で足早に歩き出した。

「待て待てっ！」

　ふくろうは真夜中に子どものライオンが森を歩くことが、いかに危険かを知っていたので、理由は何であれ、先ずは引き留めようと慌てて言った。

「そっちに行ったらハイエナの集団がおるぞ！　いくら

お前がライオンといえども、その体じゃすぐに餌にされてしまう！」

　ふくろうの言葉を聞いて、ライオンの脚が止まった。それを見たふくろうは、このままライオンをとどまらせるために会話を続けようと思い、話がしやすいように優しくゆっくりと語りかけた。

「言いたくないなら言わんでもいいが、わしはお前よりずっと長く生きておるからな。何か困ったことになっておるのなら相談くらい乗ってやれるかもしれん。それに、お前の行動には無茶がある。そんなに無計画に動き回ったら、すぐに命を落としてしまうことになるぞ。」

　けれどライオンは何も話そうとはしなかった。というより、ライオンの耳にふくろうの言葉は届いていなかった。ライオンは、死を覚悟して仲間の元を出てきたはずなのに、ハイエナの集団が待っていると耳にした途端、脚が震えて一歩も動けなくなった自分があまりに惨めで情けなく感じていた。

「やっぱりダメだ。やっぱり… 僕は何をやってもダメなんだ。死ぬって決めたことだって、もうすでに怖くなってる…」

　ライオンは地面を見ながら独りちいさくつぶやいた。それは他の動物であれば気づかないほどの小さなちいさな声だったけれど、耳が良いふくろうにはきちんと届い

ていた。

　ふくろうはライオンを驚かせないように、いつもより
小さな声で、
「どうやって死ぬつもりだったんじゃ？」
　と話しかけた。ライオンは自分の計画がふくろうにバ
レてしまったことに動揺して、何とか誤魔化そうと思っ
たけれど、焦っているせいか何の考えも浮かばず、結局
諦めて大きなため息をひとつついた。
「僕、この前、ゾウの話を聞いたんだ。」
　ライオンはうつむいたまま、小さな声で話し始めた。
「ゾウは自分が死ぬってわかると、仲間の群れから離れ
て餌を食べないで過ごすんだって。だから、僕もゾウの
真似をしてみようと思ったんだ。何日間か何も食べなけ
れば、僕は自然と死ぬことができるでしょ？」
　そう言い終えると、ライオンは答えを求めるように、
枝の上のふくろうに目を向けた。

　ふくろうの目から見て、目の前に居るライオンの子が、
特別他のライオンの子と違うようには思えなかった。そ
れどころか、動揺しながらもきちんと相手が理解できる
ように伝えようとする話し方や、自分を見つめる真っ直
ぐな目に、素直で純粋なライオンの心が表れていること
を感じていた。

　ふくろうは、まだ大人になりきれていないライオンが、自ら死を選ぶまでに、どんな気持ちで生きてきたのかを知りたいと思う気持ちと、この子を何とかして救わなければならない、そんな思いがこみ上げてくるのを感じていた。

「なぜ、今日なのじゃ？」
　ふくろうは、なるべくライオンが警戒しないように、さりげない口調で話を続けた。
「今日は月が無い夜だから。」
　ライオンはそう言った後に、
「月が無い夜は暗いから、みんなに僕が居なくなったことを気づかれにくいでしょ？」
　と付け加えた。
「そうか、お前は賢いのぉ！」
　ふくろうは感心して、ライオンの目を見てうなずいた。
　けれどライオンは、褒められることに慣れていなかったので、
　… 僕が賢いだなんて、知らないから言えるんだ！
　と、ついそんな風に心の中で思っていた。

「いま、何を思っておるんじゃ？」
　賢いと伝えても表情を変えることなく、かえって浮か

ない様子のライオンに、ふくろうが話しかけた。
「別に…」
「ほう、そうか。わしにはお前が何か思っておるように
見えたのじゃがな？」
「別に！　本当に何でもないよ。」
　少し動揺しながら慌てて答えるライオンを見て、ふく
ろうは次の言葉を続けるかどうか迷ったけれど、結局
黙っていられずに話し始めた。
「わしに言いたくないなら、無理して言わんでも構わん。
じゃが大切なのは、お前が何を思い、どう感じているの
か、お前自身がちゃんと把握しておるかどうかじゃ。」
「……」
「さっきお前は『何でもない』と言っておったが、わし
への返事ならばそれでいい。じゃがお前自身はどう感じ
ておったのじゃろう？　自分の思ったことを『何でもな
い』、『大したことじゃない』と粗末に扱ったり、『こん
なことを思うなんて、ダメなやつだ！』と責めたりはし
ておらんかったじゃろうか？　もしもそうならば、今後
はお前が思ったこと、感じたことは、どんな感情であっ
ても、ちゃんと受け止めてあげて欲しい…　と、わしは
言いたいのじゃよ。」
　我ながらわかり易い説明ができたと満足気にうなずく
ふくろうとは対照的に、ライオンはより一層悲しげな表
情を浮かべ、少しなげやりな返事をした。

「僕がどう思ったかなんて、知ったところでどうだっていうの？　何の役にも立たない… たとえ良くないことを考えてたとしたって、頭の中だけなら誰かに迷惑かけるわけじゃないし…」

「良いか。大切なことは "誰か" ではなく "お前が" ということじゃ！　お前自身は、お前が思ったことをどう感じておるのじゃろう？」

「どうせ、僕が考えていることなんて、ろくなことじゃないよ！　僕が何をどう感じたっていいじゃないか！誰にも関係ないことだし、僕の勝手でしょ！」

　ライオンは、少しひねくれた考えをしたことにふくろうが気づいて、責めているのだと感じていた。けれど、ふくろうにそんな気持ちはまったくなく、むしろライオンのその苛立った口調に気づいて反省していた。相手は自ら命を絶とうとまで考えているのだということを改めて受け止め、少し時間を空けてから、言葉を選んでゆっくりと話し始めた。

「お前は先ほど、自分が感じたことなど誰にも関係ないと言っておったが、それは違う。お前が感じたことや想ったことは、この地球に影響を与えておるのじゃ。もちろんお前だけではなく、全ての命ある者の想いが影響しておる。目に見えないから気づいてない動物が多いがな。」

「目に見えなくて、僕自身が気づかないなら影響していないのと同じだよ！」

「そう思うのもムリはない。じゃが、たとえいま見えている世界が何も変わらなくても、少しずつ変わっているのじゃ。目に見えない世界は、お前が考えた方へとな。お前が『こうなればいい』と望めば、その世界がお前の想いによって創られていく。」

「世界が… 創られる??」

「そうじゃ。わしらの目に見えん宇宙のどこかで、その世界が創られ、そして、いつになるかわからんが、絶妙なタイミングで現れるのじゃよ。」

「良いことを想うと、良い世界がいつか現れる… だから良いことを考えろってこと？」

「まぁそうじゃな。しかし、それだけではない。注意せねばならんのは、どんな“想い”も平等だということじゃ。良いとか悪いとかの判断がないのじゃよ。じゃからお前が自分のことを悪く想っていると、その世界も創られてしまうことになるのじゃ。」

「……」

「さらに面白いのは、お前の発した見えない“想い”は、仲間を求めて同じ“想い”に引き寄せられていく。するとその“想い”は大きくなり、世界を創るスピードが加速するんじゃ。同じ“想い”が増えれば増えるほど、瞬く間に目に見える世界が変わることになる。」

　ふくろうは、ライオンに少し考える間を与えてから続けた。
「『自分には何の力もない』、恐らく多くの動物たちがそう感じて生きてきたはずじゃ。じゃがそうではない。みんながこの世界を変えるきっかけとなり得るだけの力を、神は授けておられるのじゃよ。世界を変えるには、本当に純粋な"想い"があればよいのじゃ。」
「その力が、僕にもあるってこと？」
「そうじゃ。」
　そう言って大きく頷くふくろうを見ても、ライオンには全く実感がわかなかった。ふくろうの言葉を疑わないまでも、"自分が世界を変える"なんて大それたことができるヒーローになる夢など、物心がついた頃にはとっくに諦めていたので、どうしても自分とは関係ない話のように聞こえていた。

「まぁ、いまはそんなものかなぁ… 程度に思っておれば良いことじゃ。ところで…」
　ふくろうは、何気ない会話を続けるように一番重要な質問をした。
「なぜ、死のうと思ったのじゃ？」
　その問いかけに、ライオンの表情が一瞬こわばった。

　長い沈黙が続いた。

　ふくろうに話したくないわけではない。けれど、ライオン自身にもその理由がハッキリわかっていたわけではないので、何をどう話せばいいのか迷っていた。それでも、このまま黙っていたら計画がどんどん遅れていくことに気づき、話が整理できないまま、心細い声で話し始めた。

「僕は… 生きてたってしょうがないんだ。」

　やっとライオンが絞り出したそのひと言に、心が震えるのを感じたふくろうは、落ち着くよう自分に言い聞かせて会話を続けた。

「なぜ… しょうがないのじゃ？」

「僕なんか、生きてたって、何もいいことなんかないから…」

　ライオンは冷たい表情のまま、話し続けた。

「どんなに辛いことがあっても、生きていれば必ずいつかいいことがあるって、僕のお祖母ちゃんはいつも言ってた。だから、きっと僕だって、いつか幸せになれるって信じて生きてきたんだ。だけど…」

　ライオンは小さなため息をひとつついた。

「だけど、ダメな僕はいつまでたってもダメなままだし、大きくなればなるほど、友達からバカにされることが多くなった。いつか僕だって…、いつか僕だって…、そうやっていままで自分を励まして頑張ってきたけど、この

前ふと気づいたんだ。僕は生まれてからずっとみんなの
笑い者だったってこと…。もう少し頑張れば、この苦し
みさえ乗り越えればって、そんな風に思うことにも、も
う疲れちゃったよ。こんな状態をいくら続けてたって何
も変わらないんだ…」
　ライオンの妙に落ち着いた、どこか大人びた話し方が、
余計に哀しくふくろうの耳に届いた。
「なぜ、お前はみんなの笑い者なんじゃ？」
　ふくろうは首をかしげながら聞いた。
「僕はあの…」
　ライオンは、ライオン界で有名な父親の名を出そうと
したけれど、相手がふくろうだと気づき、言い方を変え
た。
「ふくろうさんは知らないかもしれないけど、僕のお父
さんとお母さんは、ライオンの間ではかなり有名なんだ。」
　ライオンの声に有名な両親を自慢するような響きはな
かった。
「僕のお父さんは、この辺りのライオンの中では一番体
が大きくてね、しかもすっごく強いんだ。だから、自分
たちの仲間だけじゃなく、他の群れのライオンまでが、
何か困ったことが起こるとお父さんに相談しにくるんだ。
だから、お父さんはライオンたちの憧れの存在なんだよ。
それにお母さんだって狩りが上手で、ライオン界ではい
くつも伝説があるくらいすごいんだ。仲間たちは、もし

お母さんが居なかったら、こんなにいつもお腹いっぱいに美味しい食事はできなかっただろうって、いつも感謝してる。だから僕は、あの二人の子どもだってことがずっと自慢だったんだ。」

　ライオンはうつむき加減で、土から少しだけ顔を出している木の根っこをじっと見つめながら話していた。

「だけど成長して、何をやらせても他のライオンの子よりダメな僕を見て、みんなが同じセリフを言うようになったんだ。『あの二人の子なのに…』って。そう言われるのもわかるよ。だって僕の兄妹たちは、みんなお父さんとお母さんに似て、本当に優秀なんだ。お兄ちゃんは体が大きくて強いから、お父さんの若い頃を見ているようだって言われてるし、お姉ちゃんはお母さんに似て、狩りが上手い。まだ子どもなのに仲間のライオンたちが狩りに行くときは、もう一緒に連れて行くんだ。こんなに早く狩りに出たライオンはいないって、いつも仲間から褒められている。妹は誰よりも足が速くて、とっても心が優しいし、弟はまだ小さいからお母さんは手を焼いているけど、それでも誰も思いつかないようなイタズラをするから、大人たちは笑いながら『きっとこの子は大物になるぞ』って楽しそうに話してるんだ。」

　ふくろうからは、うつむくライオンの表情は見えないけれど、声に悲しみがにじんでいることをひしひしと感じていた。そしてライオンが、こうして話をすることで、

ずっと心の奥底に仕舞い込んできた感情に触れていく姿を、そっと見守っていた。

「僕以外の兄妹は、みんな将来を期待されてる。だけど… 僕だけは…」

ライオンがそう言って言葉を詰まらせると、森の中に忘れていた静寂が広がった。ふくろうはその静けさを壊すことなく、じっとライオンの次の言葉を待ち続けた。

「なぜ僕だけがこんななのか、自分でもわからない…。僕だって、みんなから期待されるような優秀なライオンだって言われたかった。だけど、僕は小さい頃からみんなより成長が遅くて、体が小さいし、走るのも遅い。それに、自分でもイヤになるくらい本当にドジばっかりするんだ。」

ライオンは、次に話す出来事を思い出したのか、一瞬苦い表情を浮かべた。

「友達と遊んでいても、僕だけが木の根っこに足を引っ掛けて転んだり、足をすべらせて川に落っこちたりしてさ。この前だって、友達と遊んでいたときに、転ばないように転ばないようにって足元に注意しながら歩いていたんだ。そしたら、思いっきり頭っから木にぶつかってね。ホントはその場でうずくまりたいくらい痛くてクラクラしてたけど、それよりも友達みんながおなかを抱えて笑っている姿を見て、胸が苦しくて仕方なかった。あのときのことは、思い出すだけで本当に自分が嫌になる

よ。」
　ライオンはふくろうがずっと何も言わないことが気に
なり、顔を上げた。すると、ふくろうが優しいまなざしで、
じっと自分を見ていたので、安心してまた話を続けた。
「僕は二度と友達に笑われたくなくて、妹に速く走る方
法を教えてもらって、練習したことがあったんだ。だけ
ど、そのときもタイミングが悪くてね、意地悪な友達に
見られちゃったんだ。次の日、たくさんの友達の前で
『妹に走り方を教えてもらうダメなお兄ちゃんだ〜！』っ
てからかわれて、余計みんなに笑われたよ。ねっ、ふく
ろうさん、わかったでしょ？　僕は本当に何をやっても
ダメなんだ。」
　ライオンは救いを求めるような目でふくろうを見上げ
た。ふくろうは、言葉としては何も告げなかったけれど、
ライオンの気持ちを受け取っていることがわかるように、
一度だけゆっくりとまぶたを閉じた。

「大きくなればなるほど、僕に対する友達の態度が悪く
なってきた。何か競争するときは、いつも僕を無理やり
仲間に誘うようになったんだ。誰だってビリになりたく
ないでしょ？　僕がいればビリになることはないからね。」
　ライオンは、ときどき苦しそうな表情を浮かべながら
も話を続けた。
「でも僕は、ずっとこうやってバカにされるのが嫌で、

ある日勇気を出して『もう競争には入らない！』って
言ったんだ。そしたら『じゃあもう走る競争はやめて、
今度から度胸試しにしよう！』って言うんだ、『走るん
じゃないから、チャンスだろう』って。でもその子の
笑ってる顔を見て、イヤな予感がした…」

　ライオンから、思わずため息がもれた。

「予感は的中したよ。眠っているハイエナに一番近づけ
たライオンが勝ちってゲームなんだ。確かに足の速さは
関係ないかもしれないけど、ルールを聞いているだけで
僕は逃げ出したい気持ちになった。だけど、ここで逃げ
たら、またみんなにバカにされると思って、イヤだった
けどゲームに参加したんだ。だけど結果はね…　どっち
にしても同じだった。ここでも僕がビリだったからね。
だって僕は、ハイエナの姿を見たら足が震えちゃって、
一歩も脚を出せなかったんだ。」

　ふくろうは、その時のライオンの気持ちが伝わってき
て、胸が苦しくなった。

「もうわかるでしょ？　僕は、友達からもっとバカにさ
れるようになった。『お前は、あのお父さんとお母さ
んの子じゃないんだろ？』『全然似てないもんな！』『お前
はきっとこっそり紛れ込んだ猫の子だ！』って、それか
ら僕は友達から『ノラ』って呼ばれるようになったんだ。
あのお父さんの子が、『ノラ』なんて…」

　ライオンの声は小さく震えていた。

「僕はその日、本当にみじめで悲しくて、帰ったら真っ先にお祖母ちゃんの姿を探した。それまでだって、何か辛いことがあってお祖母ちゃんのところに行くと、何も話さなくても、僕の気持ちが落ち着く言葉をかけてくれてたんだ。そしていつも最後は僕の頭をなでながら、『あなたはあなたのままでいいんですよ』って、優しい笑顔を浮かべながら言ってくれた。だから、その日も、お祖母ちゃんに会えば僕の心が少しは楽になるだろうって思ってたんだ。だけどね、お祖母ちゃんは…」

　ライオンの声が急に大きく震え始めた。

「お祖母ちゃんは… その日に、死んだんだ。」

　ライオンは大粒の涙をこぼしながら、

「僕が一番辛い日に、僕に一番優しかったお祖母ちゃんが消えたんだ！　こんなの酷いよ。」

　そう言い終えると、あふれる涙を抑えることができず、しばらく黙って泣いていた。そして、急に思い立ったように、

「僕はきっと、神様に嫌われてるんだ。神様は僕が憎くて仕方ないんだよ。」

　と、どこにもぶつけようもない怒りを口にした後、

「もう誰も、僕の気持ちをわかってはくれないんだ…」

　と、悲しくつぶやいた。

　息を吸い込む音の後に、小さいけれど落ち着いたライ

オンの声が暗闇に響いた。

「僕は… 走るのが遅いから死のうと思ったんじゃない。友達にいじめられるからでもない。そんなんじゃないんだ…」

「……」

「僕は…」

　ライオンの声は徐々に小さくなり、耳が良くてもやっと聞き取れるほどになっていたので、ふくろうは今夜、風がないことを有難く思った。

「僕は自分のことが、よくわかってる。どんなに努力したって足は遅いし…、きっと狩りだって、練習しても上手くはなれない… この先どんなに頑張ったって、立派なライオンにはなれないんだ…」

　ときおり感情がわきあがるのか、途切れ途切れになりながらも、ライオンは話し続けた。

「立派なライオンどころか、僕はきっと大人なってもドジのままだから、狩りをするときに兄妹や仲間の足を引っ張ることになるかもしれない。それに僕は狩りが下手だから、きっと仲間が獲った獲物を分けてもらうことになるんだ… こんな僕が生きてたって… みんなのお荷物になるだけ……」

「……」

「僕だって…」

　ライオンは絞り出すようにそう言うと、一瞬声を詰ま

らせた。

「僕だって一生懸命やってるんだ。だけど… 何をやってもダメなんだ。僕は… ライオンなんかに生まれてこなければ良かった…」

　最後に震える声でつぶやくように言ったその言葉に、ずっとやるせなさを抱えて生きてきたライオンの想いが込められていることを、ふくろうは感じとった。

「僕がライオンに生まれてきたことが、そもそもの失敗だったんだ。僕はどう考えたってライオンには向いてない。多分、神様だって本当はわかってたはずなんだ。だけど神様は、僕のことが嫌いだから、間違いに気づいても何もしてはくれないんだ。だから僕はどんなに努力したって何の役にも立たない！　何の取り柄も無い。そしたら…、生きてく意味ってあると思う？　こんな僕が生きてても……」

　最後はふくろうの耳にさえ届かなかった。そして、ライオンの目からは、我慢しきれずに、また大粒の涙があふれ出した。

「そんなにたくさん心の中に抱えておったのなら、相当苦しかったじゃろう。しかもお前の歳で、誰にも相談することができずに死を覚悟したんじゃからな、ずっと孤独に耐えて生きてきたのじゃろう…」

　ふくろうは目を閉じて、たくさん傷ついてきたライオンの心に向けて、そっと語りかけた。

「ここにはわしとお前しかおらん。時間もたっぷりある。泣きたいなら、泣きたいだけ泣いていいのじゃ。」

　ライオンは涙を流しながら顔を上げ、ふくろうが黙って頷く姿を確認すると、今度は前脚に顔をうずめ、声をあげて泣き始めた。ふくろうは、その姿を見つめながら、泣き声に消されないように少し大きな声で語りかけた。
「よく頑張っておったのぉ。辛いこともたくさんあったじゃろう。よくここまでたどり着いた！　お前は本当に偉い子じゃ。まさに神の子じゃよ！」
　ライオンは自分の泣き声に邪魔されながらも、ふくろうの声に耳を傾けた。そして、たくさんの辛かったことを思い出しては、さらに声を大きくして泣いた。

　ライオンはしばらく泣き続けた。そしていつ涙が止まるのかもわからない泣き顔のまま、ずっと黙っているふくろうを見上げて驚いた。夜の闇で輪郭はぼやけているものの、ふくろうの目からはハッキリと大粒の涙が次から次へと流れていた。そして、ライオンが驚いてじっと見つめていることに気づいても、ふくろうの涙は流れ続けた。

「あのぉ…」
　鼻をすすり、ちょっと戸惑いながら、ライオンは話しかけた。
「何でふくろうさんは泣いてるんですか？」
「わしか？　わしはお前の話を聞いて泣いておるのじゃ。お前が頑張って生きてきたことに感動しておる。」
「でも…」
　その後を言っていいものか迷っていると、ふくろうが促すように聞いた。
「でも何じゃ？」
「ふくろうさんは大人でしょ？」
　そのライオンの言葉を聞いて、ふくろうは急に、
「フォォッフォフォッフォッ！」
　と、むせたような何とも不思議な鳴き声を響かせた。ライオンは後になって、この鳴き声がふくろうの笑い声だということに気がついた。
「何をもって大人とするかはわからんが、おそらくわしは大人じゃよ！」
　と、目に涙を浮かべたまま、ふくろうは笑って答えた。
「大人でも泣くことがあるんですか？」
「そりゃ、大人だって泣くことはある。命ある者は大人だろうと、子どもだろうと、雄だろうと雌だろうと、そんなことは関係なく泣くことはあるのじゃ。」
「だけど… 泣くのは恥ずかしいことだって、簡単に泣

いちゃダメだって僕は教えられたよ！」
「いまどきそんな古臭い考え方をしておるのは、ライオンくらいのもんじゃ！　ライオン社会は相変わらずプライドが高いからのぉ… 格好ばかり気にするライオンらしい風習がまだ残っておるのじゃよ。ただ、わしらふくろうの社会は違う。というより、ライオン以外の動物たちはみんな違う。泣くことが恥ずかしいなどと思ってはおらんのじゃよ。」
　ライオンはこれまで、どの動物も同じように考えていると思っていたので、自分たちと違う考え方があることを初めて知って驚いた。
「なぜ動物が泣くのか？　それはな、魂がある証拠じゃよ。魂が強く震えたとき、動物は涙が出るようになっておる。だから、何一つとして恥ずかしいことではないんじゃよ。」
　いままで何度も泣きたいのを我慢してきたライオンは、ふくろうの言葉を聞いて胸が温かくなるのを感じていた。そして、ライオン以外の動物の考え方を、もっと知りたいと思った。

「泣いて少しはスッキリしたのじゃないか？」
　自分が泣いていたことに驚いて涙が止まったライオンに、ふくろうは優しく語りかけた。ライオンは確かに少

し心が軽くなっているように感じて、小さくうなずいた。
「わしはここしばらく一人で暮らしておってな、話し相
手がいなかったんじゃ。どうじゃろう、最後に年老いた
者への孝行だと思って、もう少し話し相手になってはく
れんか？」
　行くあてがあるわけではないライオンに、断る理由は
なかったので、もう一度黙って頷いた。

「お前はさきほど、自分には何の取り柄も無く、何の役
にも立たないから、生きていく意味が無いと言っておっ
たが、それはどういうことじゃろう？」
　ふくろうの質問に、少し考えてからライオンが答えた。
「こんな僕でも、もし何か、他のライオンにこれだけは
負けないってことが一つでもあれば、僕が存在する意味
があると思うんだ。だけど、僕にはそれが無いんだ。せ
めて僕が存在することが、何かの役に立って、誰かを喜
ばすことができればいいけど、それも無い…」
「そんなに、役に立たないことはいけないことじゃろう
か？　死に値するほどに…」
「死に値するなんて言われたらちょっと怖いけど…　で
も本当に、何の役にも立たないなら、生きてる価値は無
いって思うよ。」
　ライオンは自分の中にある正直な気持ちを伝えた。

「なぜそう思うのじゃ？　お前は誰かにそう教わったのか？」

「そんな風に言われたことは無いよ！　だけど… そう感じるんだ。」

「お前自身がそう感じておるのはわかった。じゃが、他の者はお前のことを、本当に価値が無いと思っておるのじゃろうか？　そもそもお前の言う"価値"とは、どんな意味じゃ？」

「価値？　価値は… 僕がここに居る意味ってことかな？　生きるに値するだけの成果とか…？」

　ライオンは自分の思いに近い言葉を探して伝えたけれど、ふくろうは少しだけ頭を右に傾けたまま黙っていた。

「この地球<ruby>地球<rt>ほし</rt></ruby>は、知れば知るほど絶妙なバランスで保たれておる。それはなぜじゃと思う？」

　しばらく黙っていたふくろうが、優しい声で言った。けれど、その突拍子もない質問の理由がわからず、

「この地球<ruby>地球<rt>ほし</rt></ruby>のことなんてわからないよ！」

　と、少し冷たく答えた。そう伝えてもふくろうが何も言わず、沈黙が続くので、ライオンはもう一度考えてから、

「よくわからないけど、でもきっと長い歴史があるんだから、その中で自然と一番いいバランスを見つけていったんじゃないのかな？」

　と続けた。

「誰がそのバランスを見つけたというのじゃ？」

　やっとふくろうが話し始めたので、ライオンはホッとして続けた。

「生き物たちみんな…　かなぁ？」

「そんなことができるじゃろうか？　…たとえば、お前はこの地球(ほし)のバランスを保つために、いま何をしたらよいか、想像できるじゃろうか？」

「そんなこと、わからないよ。」

　ふくろうは、おおきく頷いてから、

「たとえばお前たちライオンは、『百獣の王』と言われるほどに強い！　ならばなぜ、この世界を征服しようとせんのじゃ？　人間などにのさばらせてなどおらず、ここをライオンの地球(ほし)にすればよいのじゃ！　その方がよっぽど暮らしやすいじゃろう？　逆のことも言える。人間たちは自分たちほど優れている者はいないと信じておる。だからこの地球で一番好き勝手なことをしておるが、それでも生物が絶滅していくことを悲しむ気持ちを持っておる。それはなぜじゃ？」

「………」

「本当は知っておるんじゃ。この地球(ほし)に生まれたときから。何が本当に大切かということを。知識としてではなく、無意識の中で知っておるのじゃよ。この地球は神の大いなる業によって、絶妙なバランスが保たれておる。だから、この地球(ほし)に無駄なものなどひとつも存在しては

おらんのじゃ。たとえわしらには、その意味がわからず無駄に思えても、何かに影響し、何かの役に立っておる。つまりこの地球に、いまこの瞬間存在しておるものは、それは必要だからであって、必ず存在する価値があるということじゃ。」
「それは… 僕が生きてることにも意味があるってこと？」
「そうじゃ。」
　ライオンはふくろうの話を頭では理解できても、心では受け入れられず、頭を横に振りながら言った。
「僕はね、僕がこの地球に必要なんだってことをハッキリ感じたいんだ！　誰か…、たった一つの小さな生き物だっていい。僕が存在する世界と、存在しない世界の違いを感じて、僕が必要だって言われたい。僕じゃなきゃだめだっていう… そんな何かが欲しいんだ。この地球に生まれて、いま生きてるってだけで存在する意味があるなんて言われたって、僕には納得できないよ！」
「では、いまわしが『お前が必要じゃ』と言ったら、お前は納得するじゃろうか？」
　この質問にライオンが答えるより先に、
「『ふくろうさんに言われたって』とか、『何で僕じゃなきゃいけないの？』とか、そんなふうに言わんじゃろうか？」
　黙り込んだままのライオンを見つめながら、ふくろう

は続けた。

「誰かに必要だと言われたって無駄じゃよ。お前自身が
お前の存在を否定し、必要としておらんのじゃから。い
まは、お前自身が一番な…。そうじゃ！　もう一度、原
点に戻って考えてみればよい。なぜお前は生まれてきた
んじゃ？」

　その質問に、ライオンの頭は混乱した。なぜ生まれて
きたのか？　―そんなことを考えたこともなかったので、

「そんなの知らないよ。親が勝手に産んだんだ。僕が気
づいたときには、もうこの地球に居たんだから。」

　と、とっさに浮かんだ言葉を伝えた。

「そうやって、理由を他のもののせいにしておるうちは、
本当の答えは見えてこんのじゃ。確かに一般的には、お
前が生まれてきたのは、親が産んだからということに
なっておる。じゃが本当のところは、神にしかわからん
じゃろ？　だとしたら、お前の意思で生まれてきたと考
えたほうが生きやすくなるとは思わんか？　この地球に
生まれてきたことも、お前の両親のことも、兄妹のこと
も、仲間や友達のこと、自分の容姿、性格、そして目指
すべき道も…、全てを自分が決めてきたと。」

「僕が全てを選んできた？　そんなはずないよ！　そん
なこと… あるはずがない。」

「まぁ、すぐに納得できんのも当然じゃ。じゃが、もう
少しだけ、わしの話を聞いてはみんか？　これは正しい

とか間違っているとかを論ずる話ではないのじゃ。たとえば… そうじゃな？ ひとつのゲームだと考えてみればよい。」

　ふくろうは、不服そうに自分を見ているライオンをなだめるように少し微笑んでから続けた。

「お前は、お前が生まれる前に、この地球（ほし）にライオンの雄として生まれることを決めた。そして両親は優秀で、その二人の三番目の子として生まれることを決めたんじゃ。そして、自分以外の四人の兄妹はみんな両親に似て優秀なのに比べ、自分は何をやっても劣っている。そのことを友達たちからも指摘され、いじめが激しくなった日に、自分を一番可愛がってくれていたお祖母さんが亡くなった。絶望的になったお前は、自殺を考え、ある晩、そっと群れから抜け出した。いまのところ、ざっとこんなところじゃろうか？ フム、なかなか面白いシナリオじゃぞ。」

　ライオンはふくろうの話に反発する気持ちを抑えながら、必死に理解しようと耳を傾けた。

「さて、大事なのはこれらかじゃ。これから先のシナリオを、もしお前自身が考えるとするなら、どんな物語にするじゃろうか？ やはり主人公のお前に自殺をさせるのか、考え直すきっかけを与えて生きることを選択させるのか、それとも、もう少し考える時間を与えて結論を先延ばしにするのか？」

　ふくろうは、まるで何かの役を演じているかのように、いつもより抑揚をつけながら言った。
「実は、お前は生まれる前に、このシナリオを全て完成させておるのじゃ。そして、神にお願いし、そのシナリオの内容を記憶から消してもらってから生まれてきた。」
「どうして？　どうしてそんなことするの？」
「それが、この地球の生き物の、一番大切なことだからじゃよ。」
「一番大切なこと？」
「そうじゃ。」
　そう言うと、ふくろうは顔いっぱいに笑顔を浮かべて言った。
「それは、この地球で生きることを楽しむことじゃよ！」
「楽しむって、どうやって？」
「フォフォッ！　それがゲームなんじゃよ。自分が一度作ってから記憶を消してもらい、そしてそのシナリオになるべく近い生き方をする！　…　これがこの地球のゲームなのじゃ。」
「なるべく近い生き方をすればいいの？」
「そうじゃ。」
　ライオンはしばらくゲームについて考えてから、ふと思いついて質問した。
「じゃあ、なるべく近い生き方をするためには、どうしたらいいの？」

「フム、良い質問じゃ！ それはな、自分に正直である
ことじゃ。そして、自分に正直であるためには、自分の
ことをよく知らねばならんのじゃな。」
「自分のことをよく知るっていうのは？」
「自分のことをよく知るということはじゃな、自分が何
者であるかということを知ることじゃ。じゃが、そんな
ことを知る者はなかなかおらん。大抵の者は自分の命が
尽きる前に、おぼろげながら気づくといったところじゃ
ろう。だから、いまのお前の歳で、自分が何者であるか
を知っておらんでもよいのじゃ。ただ、自分が何者であ
るか知りたいと思い、自分に意識を向けることで、ヒン
トを与えてもらえるんじゃよ。」
　楽しくて仕方ないといった様子で、ふくろうはライオ
ンに笑いかけた。
「やはり、神はイキなことをなさるじゃろ？」
　自分だけがわかっていて、楽しそうに話すふくろうを
見ているのがもどかしく、
「で、そのヒントはどうやって与えられるの？」
　とライオンは急かすように聞いた。
「ヒントはな、"ワクワク"することなんじゃよ！」
「ワクワクすること…？　ワクワクすることって？」
「ワクワクすることは、個々によって違うから、お前が
ワクワクすることは、お前にしかわからん。」
　ライオンはまだ十分に理解できていなかったけれど、

もっとたくさんのことが知りたくてふくろうに質問を続けた。
「で、そのワクワクすることがわかったら、どうするの？」
「ワクワクすることがわかったら、そのワクワクすることを、いっぱい自分に与えてあげるんじゃよ。」
「そんなことで、本当に自分を知ることができるの？」
「フォッ、どうやらお前はかなり慎重な性格のようじゃな？　まぁそうやって、入ってきた情報が正しいものかを確かめるのは大切なことじゃ。しかしな、本当にそれが自分にとって正しいかどうかは、体験してみんとわからんのじゃ。だから、お前自身が試せることなら、なくべく試してみるのが一番なんじゃよ。」
「ワクワクすることかぁ…？」
　そうつぶやきながら考えていたライオンは、ふと思いついて質問した。
「ところでふくろうさんは、自分が何者かを知っているの？」
「フォッフォ、わしか？　えぇ… わしは… そうじゃな、フム。知っておるような気がするな。」
　急に歯切れが悪い言い方をするふくろうを見ると、少し照れくさそうに頭をかいていた。そして、ひとつ咳払いをしてから続けた。
「わしはな、こう見えても、“愛を知る者”なのじゃ。」

「……」

「わしはこの命を使って、愛を知り、愛を説く役目が授けられておる。そう聞いてから、わしを見てみると、どこか愛らしいと思わんか？」

　最後は、照れ隠しとライオンを笑わせるための言葉だったけれど、ライオンはふくろうの言葉にあまり響かなかったらしく、へぇと短く言った後、別の質問をした。

「それで、これがゲームなら誰と競争するの？」

　ふくろうは、もっと愛について語りたかったけれど、ライオンの興味がいまはそこに無いこと知り、気持ちを切り替えて話を続けた。

「このゲームは、生きることを楽しむためのものじゃ。だから他の者と争い、勝ち負けを競うゲームではない。」

「ねぇ、でも待って！　もし僕がホントに僕のシナリオを考えたなら、何でこんなに辛い思いばかりさせるの？」

「さぁ、それはどうじゃろうな？　わしに聞くより、お前自身に聞いてみてはどうじゃ？　お前の深い部分は、その答えを知っておるじゃろうからな。」

「どうやって？」

「その方法もお前自身が一番響くやり方を見つければよいが、いまはとりあえず目を閉じて、自分の心を静めてみるのがいいじゃろうな。」

　ライオンは言われた通り目を閉じて、心を静めようとした。けれど目を閉じることは簡単にできても、心を静

めようとした経験がなかったので、なかなか思うように
はいかなかった。小さな物音に反応したり、ふと仲間た
ちに自分が居ないことがもうバレているだろうかと心配
になったり、ふくろうの言うシナリオについて考えてみ
たり…、静めようと意識しても次から次へと頭の中が騒
ぎ出してしまう…

　ライオンは暫く挑戦してみたけれど、余計な考えがと
めどなくあふれ出すので、諦めて頭を振った。
「僕には心を静めることができそうもないよ…」
「フォッフォ、これには慣れが必要じゃな。ならば…
わしが考えたヒントの話をしてみよう。」
　そう言って、ふくろうはライオンに向かって優しく微
笑んだ。

「ある時、お前は険しい山を登ろうとしておった。そこ
へ婆さんが近づいてきて、お前にお願いがあると言うの
じゃ。話を聞いてみると、何やら大切な荷物を山の頂上
まで届けて欲しいというのじゃな。その荷物というのが
大きくて、しかもとても重い。ただでさえ険しい山だと
いうのに、この荷物を持って登るのは大変なことじゃ。
しかし、お願いしておる婆さんでは、とうてい運べる重
さではない。さぁ、お前ならどうする？」
　と、ふくろうが質問した。ライオンはあまり悩むこと

もなく、
「僕は、きっと運んであげることを選ぶと思う。」
　と、答えた。
「そうじゃな。きっとお前の性格ならその選択をする
じゃろう。しかし、山はどんどん険しくなるぞ？」
「そんなこと言ったって、約束したんだから、僕は頑張
るしかないよ。」
「そうじゃろうな。お前は婆さんとの約束を守るために
必死で頑張るじゃろう。ところが、お前が本当に苦しい
と思い始めたとき、ツバメが飛んできてお前に衝撃の
ニュースを伝える。『あなたにその重い荷物をお願いし
たお婆さんは、先ほど亡くなられましたよ』と。さあ、
お前はどうする？」
　ライオンはその状況を想像した。険しい山道、荷物の
重み、ツバメの言葉…
「それでも… 僕は荷物を運ぶと思う。」
　そう言うライオンを試すように、ふくろうが聞いた。
「なぜじゃ？　もう荷物を降ろしても、お前を責める者
はおらんのじゃぞ？」
「そうだね。でも… 僕は頂上までその荷物を運びたい。
そうすることを、僕の心は望む気がする。」
「それは、なぜじゃ？」
「僕は、頂上に着いたときに、最高の気分を味わいたい
んだ。荷物を運ばなかったり、途中で降ろしたりしたら、

きっとその気分が味わえない。」

「その気分とは、どんなものじゃ？」

「ん… 何だろう？　達成感っていうのかな？」

　そう言うライオンの言葉に、

「そうかもしれん。お前は何より、達成感を得たいと感じて、ハードなシナリオを考えたのかもしれんなぁ…」

　と、感心するようにふくろうは何度も頷いた。

「ただこの話でもう一つ大切なことは、"お前にとっては"それがベストな選択だということじゃ。」

「僕にとってはベスト？」

「そうじゃ。他の者にとっては、同じ選択がベストではないかもしれんのじゃ。なぜなら、それぞれにとって何が大切かは違っておるからな。ただ、ベストな選択が違ったとしても、共通して言える大切なことは、生きることを楽しむことじゃ。始めから手ぶらの者は、目の前にある景色を楽しみ、すれ違う者を眺める余裕さえあることを楽しむことができる。途中で荷物を降ろした者は、両方の経験を比較して楽しみ、そして荷物を持つ者の気持ちも、持たない者の気持ちも理解できることを楽しむことができる。良いか、大切なことは、どの選択をしたとしてもそれがベストで、その選択をした自分を信じることじゃ。簡単なようで、それがなかなかできん。特に、いまのお前はな。」

「僕が… できてない…？」

「そうじゃ。お前はまだ、お前の選択をベストだと信じるところまでいっておらんし、楽しんでもおらん。」

　そう伝えてもまだ、ライオンが納得できないという表情をしているので、

「そうじゃな、わかりやすいように、もう一度さっきの山の話をしよう。良いか、ここからは実際のお前とは違うかもしれんが、たとえ話だと思って割り切って聞くんじゃぞ。」

　そう一言ことわってから、ふくろうは再びヒントの話を始めた。

「お前は、困っておった婆さんの願いを聞いて、重い荷物を運んでいる自分を、始めは誇らしく感じておった。しかし自分の目の前を、手ぶらで楽々と通り過ぎる者たちを見て、『なぜ、僕だけがこんなに重い荷物を持ってるんだろう？』と自分の選択に疑問を感じ思い始めるのじゃ。それからは、身軽に通り過ぎる者を見ると『手ぶらってことは、お婆さんのお願いを断ったんだ』と、自分が自分の考えで選択したことも忘れ、同じ選択をしなかった者を責め始める。そして次第に、『お婆さんも僕だけに荷物を持たせないで、少しは気を利かせて荷物を小分けにしてくれれば良かったのに…』と、婆さんに対しても不満を感じ始める。そんな時にツバメがやって来て婆さんが亡くなったことを知る。お前はそれでも荷物

を届けようと思うのだが、お前の苦しそうな顔を見て誰かが言うのじゃ。『そんなに辛いなら、そんな荷物を置いて手ぶらになればいい。お前が荷物を降ろしたところで、誰にも責められるわけじゃないんだから』と。そう親切に言われると、その通りだと思えてきて、お前は重い荷物を降ろし手ぶらで歩き始める。さて、これでお前は幸せになれるじゃろうか？」

　ライオンは複雑な心境で、ふくろうの話を聞いていた。「手ぶらで歩き始めたお前は、身軽になったことを喜んだ。が、しばらくすると、降ろした荷物が大切な物であったように感じ始める。荷物から離れれば離れるほど、その思いは強くなり、『なんで僕はあんなに大切な物を置いてきてしまったんだろう！』と、後悔し始めるのじゃ。そして、『そうだ！　あの時、誰かが僕に荷物を降ろせなんて言わなければ、僕は荷物を降ろすことなんかしなかったのに…』『僕はあのとき騙されたんだっ！』」

　ライオンは、不快だった。ふくろうの話に、「僕は違う！」「そんなことは思わない！」… そう反論したかった。けれど、そう言えない自分がいることを悲しいほどわかっていた。

「荷物がお前にとってどんな意味があるのかは、当事者であるお前にしかわからんことじゃ。なのにお前は、誰かの言葉に促されたとはいえ、自分が選択したという事実に目を伏せて、自分は可哀想な被害者だと思い込む。

　そして最後には、『こんな不快な思いをするくらいなら、始めから荷物なんて持たなければよかった』と、自分がしてきたこと全てが無駄だったと思うようになるのじゃ。しかし、もし仮に、始めから荷物を持たない選択をしたとしても、身軽に歩いている自分に罪悪感を抱き、『なぜ僕はあの時、荷物を運ぶ選択をしなかったんだろう？』と苦しむことになる…」

　ライオンが険しい顔をしていることに気づきながらも、ふくろうは話を続けた。

「荷物を持って歩く者、荷物を途中で降ろす者、荷物を始めから持たずに歩く者、事実はただこれだけじゃ。じゃが自分が不幸だと思う者は、どの選択をしても結局不幸なんじゃ。そして、自分が幸せだと思う者は、どの選択をしても幸せだということじゃよ。いまのお前には、かなりキツイことを言っておるがな。」

「僕は…、自分が不幸だと思っているから、不幸だってこと？」

「そうじゃな。」

「そんなのヒドイよ！！」

「確かにたとえ話といえども、ひどい話じゃな… お前が必死に辛い思いを耐えて生きてきた話を聞いたばかりじゃというのに。じゃが、わかっておる上でこの話をしておる。なぜなら、これがわかると、お前が少し楽になれるかもしれんからじゃ。」

　ライオンの気持ちを落ち着かせるように先を続けた。
「お前が辛いのは、いまこの瞬間だけを見ておるからじゃ。険しい山道の最中で、その先にある美しい景色を知らんのじゃ。お前のシナリオは、辛いだけでは終わらん。いまは暗闇しか見えなくても、絶対にお前の未来には、明るい光があふれておる。そこへ行くためには、時が必要なこともある。そして、その未来を信じる気持ちもな。」
　そう言って、しばらく黙ってライオンを見つめた。

　ふくろうは、もうそろそろ大丈夫かと思い、
「どうじゃ？　少しは気持ちが変わったりはせんか？」
　と聞いてみた。ライオンは少し迷っている様子をみせたものの、
「もう遅いよ。僕は、ちゃんとみんなにさよならを言って、もう二度と戻らないって決めたんだ！」
　と、まるで自分に言い聞かせるように言ってから、ふくろうを見上げた。
「そうか。ならば残念じゃが仕方があるまい。これもお前の選択じゃ。じゃが…」
　ふくろうは首を傾げながら、
「お前は死んだ後について知っておるのか？　ちゃんと後のことも考えておるんじゃろうな？」

　と、心配そうにライオンの顔を覗き込んだ。
「死んだ後について？」
　ライオンはふくろうが何を言おうとしているのかわからないまま、言葉だけを繰り返した。
「死んだ後のことなんて…。死んだら僕は終わりだよ。」
「そんなことはない。死んだお前には、次の世界が待っておる。」
「次の世界？　それは何処にあるの？」
「それはわしにもわからん。何しろ、わしはまだ死んだことが無いからのぉ。フォォッフォフォッフォッ！」
　と、またふくろうは、あのくせのある笑い声をあげた。
「でも次の世界があるということは、先に死んだ者が教えてくれておる。」
「じゃあ、僕はそこで何をするの？」
「何をしたいかはお前自身が決めて、好きなように暮らせばよい。じゃがその前に神が迎えに来てくださる。」
「神様が？」
　そう言いながら急に不安な顔色を見せたライオンを見て、ふくろうは自分がしようとしている話の前に伝えなくてはいけないことを思い出した。
「そうじゃ、神じゃ！　先ずお前にとって神とはどんな存在なんじゃ？」
「神様？　神様は……」
　ライオンはうつむき加減になって、少し言いづらそう

に言った。

「きっとみんなが慕ってるんだから、本当は優しいんだと思うよ。だけど、なぜか僕には厳しいんだ。」

「なぜ、お前にだけ厳しいと思うのじゃ？」

「なぜなのかなんて、僕のほうが聞きたいよ！　でもきっと僕のことだから、生まれる前に神様を怒らせるようなことをしたんじゃないかな？　だから神様は僕のことがあんまり好きじゃないんだ。」

「ホゥ、お前がそう感じているなら仕方がないが、わしにはそうは思えんな。」

「どうして？」

「お前は知らんのかもしれんが、この地球でライオンは二番人気なんじゃぞ！　だからライオンに生まれたいと願う者が神の世界にはたくさんおるんじゃ。しかもこの地球にとって、いまは大切な時期じゃ。いくら自分でシナリオを書いたからといって、このタイミングでこの地球にライオンとして生まれてきたお前が、神から嫌われておるはずがない！　っというのが、まず第一の理由じゃ。」

「ライオンは二番人気なの？」

「そうじゃ。ライオンは動物の中でも特に風格があって格好いいからのぉ。ちなみに、何が良いのかは知らんが、一番人気は未だに人間じゃよ。」

「へぇ、そうなんだ…」

　と、ライオンはあまり気のない返事をしたものの、内心では、自分が人気の存在に生まれてきたことを嬉しく思っていた。

「それにな、もし本当にお前が神から嫌われておるのであれば、間違いなくお祖母さんはおらんかったはずじゃ。」

「お祖母ちゃんが居なかったってどういう意味？」

「お前にとって、お祖母さんはどんな存在じゃった？」

「僕にとってお祖母ちゃんは、僕のことを理解してくれる唯一の存在。」

「そうじゃろう。もし神がお前を嫌っておるのなら、そのような存在をお前の傍におくはずがないっというのが第二の理由じゃ。」

「ぼくの傍におくって、僕が生まれてきたときには、お祖母ちゃんは居たんだよ！」

「フォォッフォフォッフォッ！　そんなことはわかっておるわい。」

　ライオンが思った通りの反応をするのが可笑しくて、ふくろうは笑いながら言った。

「お前はまだ知らんようじゃが、偶然など存在しないのじゃ。」

「偶然が存在しない？」

「そう、この地球に偶然などは無い。この世は本当に見事なほど偶然を装った必然的出来事で成り立っておるのじゃ。」

「偶然を装った必然的出来事…」

　ライオンはそう口にしてみたものの、どんな意味なのかさっぱり理解することができなかった。

「そうじゃ。お前がこの地球でお前が考えたシナリオ通りに生きるためには、どの配役も、どのシチュエーションも欠けてはならんのじゃ。だから…」

「ねぇ！　ふくろうさんはシナリオ通りって言うけど、本当にシナリオ通りなのか正直いまの僕にはわからないよ。だから、全てが偶然だって思う方が自然でしょ？」

　ライオンは、頭が整理できていないのに、ふくろうが話をどんどん進めるので、思わず口を挟んだ。

「そうじゃな、確かにどんなシナリオかはまだわからんし、そもそもシナリオが存在するかどうかもわからんのじゃからな…。まぁシナリオの話を横に置いてもじゃ、神は、お前が本当に望んでいるお前の生き方ができるように手助けをしてくださっておるのじゃ。」

「僕が本当に望んでいる、僕の生き方ができるように…??」

　ますます頭が混乱して、難しい顔をしているライオンを確認してから、

「まぁ良い。この話をお前が理解するためには時間が掛かるし、お前が本当にいまから死のうと思っておるのであれば、知る必要のないことじゃ。」

　と、ふくろうは大げさなほど悲しい表情を浮かべ、残

念そうに頭を横に振りながら言った。

「そして最後に、第三の理由じゃが、神はいかなる者も嫌ったりすることはないのじゃ。これを一番始めに言ったら、他の二つは言わんでも良かったんじゃがな！フォォッフォフォッフォッ！」

　そう言ってふくろうは笑った。けれど、ライオンが真剣な顔をしたまま自分を見ていることに気づき、慌てて話を続けた。

「ところで話を元に戻すがの、お前が死ぬと必ず神が迎えに来てくださる。神はお前がこの地球で生きている姿をずっと見守っておられたからのぉ、この地球でのお前が終われば、喜びと共に迎えてくださるのじゃ。」

　その言葉にライオンは不安そうな顔をして、小さな声で聞いた。

「でももし… 僕が自分で命を終わらせたとしても、神様は喜んで迎えに来てくれるのかな？」

　ライオンの声が届かなかったのか、ふくろうは質問に答えることなく話を続けた。

「神は再会の喜びをかみしめた後にこう質問するんじゃ。『あなたはこの地球で、どのような宝物を見つけましたか？』と。その時、お前は何と答えるか考えておかなくてはいかん。」

「宝物？」

「そう、宝物じゃ。神は、神の元へと戻ってきた者から、

宝物の話を聞くのを楽しみにされておる。」
「宝物って何？　僕、宝物なんて持ってないよ！　そん
な話、いままで聞いたことないし…」
　不安げな表情を浮かべたライオンの目をしっかりと見
つめて、ふくろうはゆっくりと続けた。
「ここで言う宝物というのはな、目に見える物ではない。
神は王様ではないからのぉ、お前が神に宝物を捧げ、褒
美をもらえるということではないのじゃ。」
「……」
「お前が生きていた中で、ワクワクしたことや、時間を
忘れるくらい夢中になっていたこと、お前がお前だから
こそ感じることができた喜びや、心が満たされ生きてい
ることに幸せを感じた最高の瞬間…、そのようなことを
神は"宝物"と言っておられるのじゃ。」

　ワクワクしたこと？
　時間を忘れるくらい夢中になっていたこと？
　僕が僕だからこそ感じることができた喜び？
　心が満たされて、生きていることに幸せを感じた最高
の瞬間？

　ライオンは心でそうつぶやきながら、いままでを振り
返り、思い当たりそうな出来事を思い出そうとした。け
れどどれもあまりピンと来ない映像だけが浮かんできて、

ガッカリしながら言った。

「僕には、やっぱり宝物なんか無いよ。だって僕は、ずっとダメなライオンだったんだから…。だけど、神様は僕がこうやって生きてきたのをずっと見守っていたんでしょ？　だったら…　僕が宝物を見つけられる状況じゃなかったこと、知ってるはずだよね？」

「ホゥ、そうじゃった！　そうじゃった！　お前は宝物を見つけられる状況じゃなかったのぉ！」

ライオンが少しムキになっているのを知りながら、ふくろうは大げさに驚いたあと、

「それじゃあ、お前にだけは質問をされんかもしれんのぉ。おぉ！　神はさぞかし残念がるじゃろう…」

と、残念そうに大きく首を振った。

再び、森に沈黙が訪れた。ふくろうはしばらくの間目を閉じて、心を落ち着かせてから、優しい声で語り掛けた。

「もしお前が自殺などしたら、人間たちはさぞ驚くじゃろう。いままで絶望から自らの命を絶つような動物はおらんかったからのぅ。それはもう人間たちが大騒ぎして、一躍お前は世界で一番有名なライオンになるじゃろう…ある意味、お前は賢いのかもしれん。じゃが、ある意味では人間たちと同じように愚かじゃ。人間たちは自分たちが動物の仲間であることを忘れ、自分たちだけが賢く

生きていると思っておるのじゃ。じゃが本当にそうじゃろうか？　お前は人間たちを幸せだと思うか？」

　そう質問されても、ライオンは人間のことをあまり知らなかったので、

「僕にはわからない。」

　と首を振りながら、小さく答えた。

「そうか… そうじゃな。」

　ふくろうは自分を納得させるように何度かうなずき、話を続けた。

「人間は、自分たちが特別だからと、わしら動物たちとは離れて暮らすようになった。そして自分たちだけの文明を築くために、植物たちの命を削り、動物たちの棲み処を壊していったんじゃ。その文明の要となったのが〝金〟じゃよ！　彼らは生きるために一番大切なものが金だと勘違いし、金さえあれば幸せになれると信じて追いかけた。そして金を手にすると、今度は失うことを恐れ、小さな檻を作り、その中で金を見張りながら暮らすようになったんじゃ。しかし金というのは皮肉なものでな、留まっていてはくれんのじゃ。ふと目を離したすきに見失ってしまうことがあるんじゃよ。」

　ライオンはふくろうの話を聞きながら、鳥のような姿をしたお金という生き物を小さな檻の中でじっと見つめている人間を想像していた。

「… すると彼らは、生きるために一番大切なものを

失ったと思い、絶望の中で命を落とすのじゃ。わしら動物から見ればただの紙切れのために死んでいくのじゃ。彼らがもっと動物らしく生きていた頃は、絶対にそんなマネはせんかった。もっと生きるということの本当の意味を知っておったからじゃ。」

　ライオンは、お金を失い檻の中でぽつんとたたずんでいる人間を思い浮かべて、少し哀れに感じた。

「お前はわしが知っている動物の中で、一番人間たちに似ておる。生きるということを知らずに、生きている気になっておる。」

「じゃあ生きるってどういうこと？」

「生きるということはな、ただ自分に与えられた命を、寿命まで浪費することではない。お前が生きるということは、当然のことじゃが、一頭のライオンが存在することではなく、"お前が存在する"ということじゃ。お前が自分という個性を受け入れ、生きていることを存分に味わい楽しむこと。そして魂の求めるままに行動することじゃ。」

　ライオンは、ふくろうの話を懸命に理解しようとしたけれど、すぐには消化できそうもないと感じていた。そして、それよりもふくろうが話していた一言が気になっていたので質問した。

「でも… 有名になるってすごいことでしょ？」

　すると、フォォッフォフォッフォッ！　という、ふく

ろうの一段と大きな笑い声が響き渡った。

「お前はどうして、こうも人間に似た考え方をするのじゃろうな。人間も有名になることが良いことだと勘違いしておる。しかし、この世では、有名になることよりも、誰かに知られることがなくても、お前がお前自身を生きることの方がずっと価値があることなんじゃよ。」

　ライオンはしばらく黙っていた。けれど、どうしても気になったので、勇気を出してふくろうに聞いた。

「あのぉ… まだ僕にはちょっとは時間があるし… さっきの偶然の話を教えてはもらえませんか？　僕が僕の生き方をするために、神様が手助けしてくれてるって話ですけど…」

　そう、不安そうに言って見上げると、ふくろうは嬉しそうな笑顔を浮かべてライオンを見ていた。

「偶然を装った必然的出来事、つまり偶然は無いという話じゃな？」

「そう、それです！　それで僕が僕らしく生きるために、お祖母ちゃんが居てくれたって…」

「そうじゃ！　そうは思わんか？」

「ううん、やっぱりわからない…」

　そう言って、ライオンは首を振った。

「お前には、辛いときになぐさめてくれた、お祖母さんが居た。」

「うん。」

「そして、お前が死のうとした晩に、わしと出逢った。」

「うん。」

　ふくろうはちょっと間を空けてから続けた。

「自分で言うのも気恥ずかしいところがあるがのぉ。でもまぁ事実じゃからな。わしは、お前を少しだけ引き止めることに成功した。このことに、神からの大切なメッセージが込められておるのじゃよ。」

「お祖母ちゃんが居てくれて、ふくろうさんと出逢ったことが？」

「そうじゃ。そのことに、神からメッセージが込められてるとしたら、なんじゃと思う？」

　神様からのメッセージがライオンには全く想像できず、二人の姿を思い浮かべて、

「お年寄りを大切にしなさい？」

　と自信なさげに答えた。すると、フォッフォフォッフォッ！　と、またふくろうの嬉しそうな笑い声があたりに響いた。

「ホウ、それは感心じゃ！　じゃが、神がお前に言いたいことはもっと根本的なことじゃ。」

「根本的？」

「そう、簡単に言えば、もっと重要なことと言うことじゃ。」

「ん……？　もっと元気を出しなさい？」

「ホホウ、なるほど、なかなか面白い答えじゃな。しか

し、そのメッセージには、やはり少し厳しい神が入って
おるように感じるがのぉ。」
「じゃぁ、大丈夫だってこと？」
「お前はどうも遠まわしじゃのぉ！　大丈夫とはどうい
うことじゃ？」
「心配ないってこと。」
「神が『心配ない』と、お前に伝えようとしておるのは
なぜじゃ？」
「僕が大切だから？」
「なぜ大切なんじゃ？」
「なぜって？」
　ライオンは、すがるような目でふくろうと見つめた。
「なぜ、神はお前を大切に思っておられるのじゃ？」
「僕が好きだから？」
「神のメッセージは好きよりずっと深い。」
「じゃあ… 愛しているから？」
「そうじゃ！　神はお前を愛しているということを、こ
のことによって伝えようとされておるのじゃ。」
「えぇぇ!!　まさかぁ！　そんなこと絶対にないよ!!」
　ライオンは自分の答えがまさか当たると思わなかった
ので、慌てて否定した。
「なぜ信じられんのじゃ？」
「だって… 神様は僕にすごく厳しかったから…」
「では、もしお前の想像しておる通り、神がお前を嫌っ

ておられるのなら、なぜお祖母さんを傍においたん
じゃ？　なぜ死のうとしているお前の前に、わしが現れ
る必要があるのじゃ？」
「そんなの、わからない！　僕にはただ偶然としか言え
ないよ…」
　ライオンは理解できずに言った。
「そうじゃな。確かに偶然だと思えば、そう思える。た
だ別の可能性として、これは神がお前にとって最良と思
うことを、起こしておられるとは考えられんじゃろうか？」
「僕にとって最良？」
「そうじゃ。」
「そんなこと…」
　そう口にしながら、ふくろうの言葉を納得しようとし
た瞬間、お祖母ちゃんの顔が頭をよぎり、
「そんなこと、絶対にないよっ！」
　っと、ライオンは強い口調で反論した。
「だって、僕が一番辛かったあの日に、お祖母ちゃんは
死んだんだ。あれが最良だったなんてっ！　もしそうな
ら、神様は本当にイジワルだよ。」
「そうじゃな。確かに、そう思えるようになるためには、
時間が必要なときがある。わしにとっても若いときの苦
しみが、いまは宝のように思えることがいくつもあるか
らのぉ。」
「だから生きろってこと？」

「わしが『生きろ』と言って、お前が生きるのなら、わしは何度だってそう言うじゃろう。じゃが、お前の生き方は、お前が選択するものじゃ。わしはいくらだってアドバイスはするが、決めるのはお前自身なんじゃよ。」

「なぜ？　なぜふくろうさんは僕に生きて欲しいって思うの？　死ぬことは悪いこと？　だって…　僕にはわからないんだ。僕は死のうって考えながら、それでも本当のことを言うとすっごく迷ってきた。考えても、考えても、僕にはわからないことばかりで…。ねぇ、ふくろうさん、教えてよ！　どうしてみんないつかは必ず死ぬのに、自分から死を選んじゃいけないの？　みんな死ぬってわかってるのに、何で生きる必要があるの？　生きるのは何のため？　そもそも、何で神様は終わりのある命を創り続けるの？」

ライオンは、ずっと自分の中で考えても答えがわからなかったことを、ふくろうに一気にぶつけた。

「そうじゃな。お前の質問は難しすぎて、わしにも正直これが正解だという答えを持っておらん。この後、お前がどういう選択をするかはわからんが、もしも生きるという選択をしたときには、生きながらお前なりの答えを見つければよいのじゃがな…。それ位、簡単に答えが出せる質問ではないのじゃ。」

そうふくろうに言われ、ライオンはがっかりして下を向いていた。

「そうは言ってもじゃな、お前がわしを頼って質問してきたことを考えると、この歳まで生きた経験を持つわしの、いまの考えをせめて伝えてみようと思うが、それでいいじゃろうか?」

　そのふくろうの言葉が心に中で温かく広がっていくのを感じながら、ライオンは嬉しそうに頷いた。

「お前はさっき、なぜこういうことをしてはいけないのか?　というような質問をしてきたが、この世界に、"してはいけないこと"も、"しなくてはいけないこと"も、どちらも存在しないとわしは思っておる。神は命ある者たちに、"選択する"という生きることを楽しむための能力を授けてくださった。だからお前が生きる選択をしても、死ぬ選択をしても、神が罰を与えるなどということはないのじゃ。きっとな。」

　ふくろうは自分の言葉に納得するように、大きく頷いてから続けた。

「では、なぜ死ぬ選択をしてはいけないと思うのか?　それは、お前自身が、厳密に言うと、お前の魂が、死ぬことを選択したがっておらんからじゃ。では、お前の魂は何を選択したがっておるのか?　それはお前が、"お前らしく生きる"ということじゃよ。」

　そう言うと、ふくろうは暫くだまって闇の中を見つめていた。

「では、なぜ生きとし生けるものは、全て死にゆくの

か？　それは…、この地球で生きることが、さっき話し
たようなゲームだと考えればわかりやすいじゃろう。命
がいつか尽きるということが、このゲームのルールじゃ。
このルールが無いとどうなるか？　ゲームが面白くない
のじゃよ。終わらないゲームほど、つまらないものはな
い。フォフォッ、つまり神はきっと、この地球の生き物
たちがいかに楽しんで生きられるかということを考えて
おられるのじゃ。にもかかわらず、生きているのが辛く
て辛くて、死を選択する。そんな動物がおるとは、神も
さぞかし驚いておられることじゃろう…」

　ふくろうは少し皮肉めいたように言った。

　黙り込んでいるライオンを見つめ、一度ゆっくりと深
い呼吸をしてから、ふくろうはそっと口を開いた。
「もしお前が死んだら、悲しむ者がたくさんおる。それ
ぐらいのことは、もうお前の歳なら理解しておるじゃろ
う？　お前がどのような選択をするかは自由じゃ。じゃ
が、長く生きているわしの言葉を少しでも聞いてくれる
のなら、『自分が死んでもこの世界は何も変わらない。
だから死んでもいいんだ！』なんて、そんな風に考えて
死を選んで欲しくはないのじゃ。お前は誰かに認められ
ることで、自分の存在価値を感じたがっておるようじゃ
が、いくら他の者がお前を認めても無駄じゃよ。お前自

身が自分を認めない限り、いつまで経っても満たされる
ことなく苦しみ続けることになるのじゃ。」
　ふくろうの言葉が、ライオンの胸にまっすぐに響き、
頭が激しく混乱していた。自分が決めた計画をこのまま
進めるべきなのか、それとも、もう一度生きることを考
えてみるべきなのか… その結論が出せないまま、ライ
オンは再びふくろうに話しかけた。
「でもね、ふくろうさん。もし僕が僕自身を認めること
ができたとしても、僕以外は誰も僕に価値を感じなかっ
たら、生きてる意味は無いって思う…」
「なぜ、他の者から得ることばかり考えるのじゃ？　お
前は誰のために生きておる？」
「僕は、誰かの役に立つようなライオンでいたいんだ。
僕がただ生きてるなんて、そんな生き方、ムダだよ！」
「では誰かとは誰のことじゃ？」
「それが誰かなんて… そんなの考えてないよ。もしか
したら、まだ出逢ってないかもしれないし…。でも…
僕以外の誰か…」
「お前が誰かの役に立ちたいと思う気持ちは立派じゃ。
しかしいまのお前は自分の脚で立っていることさえ危う
いほどに揺らいでおる。そんなお前に誰が心底頼ろうと
思うじゃろうか？」
「僕が弱いから、誰かの役には立てないってこと？」
「そうではない。じゃが、いまのお前のままでは難しい

ということじゃ。誰かの役に立つということは、その相手に愛情を与えることじゃ。しかし自分への愛が足りない者が誰かの役に立とうとしても、無意識に愛を与えてもらおうとするものなんじゃよ。目に見える形で役に立つことで、自分が自分に与えることができない愛情を埋めようとするんじゃ。『認めて欲しい』『必要として欲しい』と。」

「……」

「じゃから、誰かのためと願う前に、お前はお前自身を愛することが必要なんじゃよ。」

「僕が僕自身を愛するなんて… そんなのムリだよ。こんなにダメなライオンのどこを愛せばいいっていうの?」

「そんなに難しく考えんでもよい。まずは自分に優しくなることじゃ。そもそも、お前は何度も自分を"ダメなライオン"と言っておるが、それは誰が決めたんじゃ? 誰かに言われたこともあったかもしれんが、わしには、誰よりもお前自身がそう決めておるように感じるがな…」

　ライオンはうつむいたまま、黙っていた。

「もし、生まれる前に考えたシナリオがあると仮定してじゃ、そのハードなシナリオ通り、悩み苦しみ、悲しみを幾度となく乗り越えて生きてきたお前は、本当に"ダメなライオン"なんじゃろうか? お前は自分のことだと思わずに、客観的にお前の生き方を、ドラマを見るように思い返してみたらどうじゃ? ハードなシナリオの

お前の役をしている主人公のライオンに、お前は何と言うじゃろうか？」

「僕の役をしたライオンに？」

「そうじゃ。」

　ライオンはふくろうに言われた通り、過去からいまに至るまでのことを、ドラマを見るように思い返してみた。そしてそこには、何度もつまずき、上手に生きられないことを嘆き、孤独に打ちひしがれながらも、必死にもがき生きてきたライオンの姿があった。

「… ホントによく頑張ったね！　いままで本当に大変だったから… そう言ってあげるかな？」

　自分のドラマを見終わった後、ライオンはそう答えた。

「そうじゃな！　本当によくお前は頑張った！　… じゃが、いままでのお前は、自分に何と声を掛けておったんじゃ？」

「いままで？　いままでは…」

　そう言って視線を落とすライオンを見て、ふくろうは助けるように続けた。

「お前だけではない。大概はみな、お前と同じように思うのじゃ。自分が一番辛いときに、一番辛い言葉を自分に浴びせかける。『どうしてこんなこともできないんだ！』『みっともない！』『こんな自分のままじゃダメだ！』『もっとしっかりしろ！』…… お前は辛いとき、お祖母さんに慰めてもらったと言っておったが、本当は他

にも、慰めてほしい者がおった。それが、お前自身だっ
たんじゃよ。お前自身が、誰よりもお前の辛さをわかっ
ておるからじゃ。ところが、救いを求めているお前に、
他でもないお前自身が、誰よりも自分を痛めつけていた
のじゃ。」

　ライオンは何も言えなかった。ふくろうが言う通り、
自分が失敗した場面を思い返すと、必ずとどめを刺すよ
うに、自分が自分を傷つけていた。

「お前だけではない。多くの者がそうやって、自分を傷
つけ、苦しみながら生きておる。数的にみれば、それが
普通になってしまっておるじゃろう…。しかし、ちょっ
と見方を変えるだけで、いままで気づかなかったことに
気づくことができるものなのじゃ。今日のお前のように
…」

　そう言われて、ライオンはふくろうの顔を見上げた。

「お前はいままで知らなかったことに、いま気づいた。
そこで、ひとつ提案じゃ。」

　ふくろうはゆっくりと呼吸をしてから、ライオンの目
を見つめて言った。

「こうしてわしと出逢ったことも何かの縁だと思って、
お前の計画を、次の月の無い夜まで延期してはくれんか
の？」

　ライオンの顔に、明らかに戸惑いの表情が見えた。け
れどしばらくして、不安そうにたずねた。

「僕が死なないように、大人たちに知らせるつもり？」

「そうじゃない。そんなことはせん。」

「じゃぁ、どうして？」

「わしは長く生きてきたが、ライオンと知り合ったのは初めてじゃ。だから、ライオンのことが知りたいし、何よりお前の話がもっと聞きたいのじゃ。」

「僕の話？　僕の話なんて何もないよ。」

「何もないはずないじゃろ？」

「本当に何にもないよ。あったって失敗ばかりだから話したくない。」

「話したくないことは、話さんでも良い。話したいことだけを話してくれれば良いのじゃ。」

「そんなことしたって、僕の気持ちはきっと変わらないよ。」

「変わらなくても良い。変わらなければ、次の月の無い夜にお前が死に行く姿を見届けるだけじゃよ。とにかく、次の月の無い夜が来るまでの間、夜になって仲間が寝静まった頃に、毎晩ここへ来て話をして欲しいのじゃ。わしはもうずっと話をしておらんのでな、ちょっと年寄りの相手をしてやろうくらいの気持ちで付き合って欲しいのじゃが、どうじゃろう？」

　ライオンは正直、死への覚悟が少し揺らいでいたので、ふくろうからの提案は嬉しかった。けれど、なるべく表情には出さないように気をつけながら、

「仕方ないなぁ。でも、本当に僕の気持ちは変わらないからね！」

　と、念押しするように言った。

「いいのじゃ、いいのじゃ。変わらなくても良い！　そうと決まれば今日はもう時間がかなり経ってしまった。そろそろ目を覚ます者が出てくるといけないから、お前は元の棲み処に戻るのじゃ！」

　そう言って、ふくろうは嬉しそうに何度も何度もうなずいた。

　ライオンは、自分が居なくなったことが騒ぎになったら、夜に出歩きづらくなると思い、ふくろうに促されるまま、棲み処へと戻ることにした。

「では、気をつけて帰るのじゃぞ！　明日もこの場所で待っておるからの！」

「うん。また明日ね。」

　そう言ってライオンは戻って行った。

　―あの子の親は気づいておるのじゃろうか？　あの子の中にある、真実を見ようとする真っ直ぐな眼差しと、深い悲しみに。優秀な親は、優秀な子を育てることが多いが、時として、優秀であることしか見えなくなることがあると言うがのぉ。それとも、あの子の力を信じて、見守っておるのじゃろうか？

　なぁ、母さん。それにしても… あの子の目を見たか？

あの透き通った目の輝きは、わしらの子らとそっくり
じゃったのぉ。
　ふくろうの声が真っ暗な夜の中で小さく響いた。

　そう、この世は偶然を装った必然的出来事ばかりじゃ。
わしの最期のときに、言葉のわかるライオンと出逢うな
んて！　この地球はやはり素晴らしい。神よ、わしは本
当にあなたを愛しておる。

II

　ライオンは、何事も無かったように自分の寝床で朝を迎えた。昨夜の計画のことは、幸い誰にもバレていないようだった。あまり寝付けず、いつもより早く目を覚ましたライオンは、起き上がらずにそのままぼんやりと棲み処の様子を眺めていた。いつも通り家族や仲間が順々に目を覚まし、動き始める姿を見つめ、もし昨夜ふくろうと出逢っていなければ、この光景を見ることはなかったのかとしみじみ思っていた。

　ふと外に視線を移すと、大地に生える草が、昇り始めた太陽の光を浴びて、キラキラと輝いていた。
　… 何て美しいんだろう！
　ライオンはそう思って見とれている自分に気づき、はっとした。いままでずっと同じ場所で生きてきて、同じように朝を迎えてきたはずなのに、一度として草を見て、美しいと思ったことなどなかった。それどころか、そこに草が生えていることさえ気づいていなかった。毎日、毎日、当たり前のように朝が来て、変わらない日常が繰り返され、これから先の未来も、ずっと同じような日々が続いていくと思って生きていた。けれど、ライオンにとって"今日"は、いつもと違うと感じることがで

きた。そして、これから待っている未来も、特別な日々をつくっていけるのかもしれない… そんなことを、やんわりと思っていた。

　けれど、いざ生活が始まると、変わらない自分がそこにいて、仲間や友達の自分に対する態度も何一つ変わりはしなかった。そこには計画を実行するに至るまでの自分がまぎれもなく存在していた。
「やっぱり、次の月の無い夜こそ、計画を実行しよう！」
　ライオンには、そうすることだけが、現実を変えられる唯一の方法に思えていた。けれど、どこかで、昨日のふくろうとの出逢いが、いままでと違う自分になれるきっかけを与えてくれているような気がして、夜になるのが待ち遠しかった。

　ライオンはなるべく自分だけの時間を多く過ごすようにして、ふくろうと交わしたいくつもの会話を思い返していた。そして、神様からの質問について、もう一度考えてみた。

　いままで生きてきて、ワクワクしたことって？
　時間を忘れるくらい夢中になっていたことって？
　僕が僕だからこそ感じることができた喜び？

　心が満たされて、生きていることに幸せを感じた最高の瞬間？

「… いくら考えても、僕にはわからないんだ。」
　夜になって、昨日と同じようにこっそりと棲み処を抜け出してきたライオンは、ふくろうの顔を見上げながら、真っ先にその話をした。
「そうか。それは良かったのぉ。フォォッフォフォッフォッ！」
　ふくろうはまた意味深な笑い声を上げた。
「お前はまだ、お前自身を生きたことがないのじゃよ。」
「僕はいま、こうして生きているのに、これは僕じゃないってこと？」
「いまのお前もお前じゃ。じゃがお前の"宝物"を知らないお前ということじゃ。」
「僕は"宝物"を探さなくちゃいけないの？」
「昨日も話したが、この地球でしなければいけないことなどない。現にいまもそうであるように、別に探さんでも生きていけるのじゃ。宝物を探さなければ、いまのお前のまま生きていくというだけのことじゃよ。」
「じゃあ、いまの僕のままじゃいけないの？」
「それはお前自身が決めることじゃ。じゃがいまのままのお前で生きていくということは、昨日の晩のように、

自分の価値や魅力に気づかず、ずっと苦しいまま生きて
いくことにはならんじゃろうか？　お前だけではない。
いつの間にか本当に多くの動物たちが、そうやって自分
を生きることなく、死んでいくようになってしまった
…」
「どうしてなんだろう？　どうして僕は、いままで僕の
宝物に気づかなかったんだろう？」
「それはな、お前がいままで必死に生きてきたせいじゃ
よ。宝物を探すためには、自分のことを知ろうとする
ことが何よりも大事なんじゃ。じゃが辛い想いを抱えな
がら精一杯生きてきたお前が、自分に『いま何を感じてい
るか？』などと問う余裕などなかったはずじゃ。本当に
辛くて仕方ないときというのは、その感情に触れると傷
つくこと知っておるからな。自分を守るために無意識に
感覚を麻痺させるもんなんじゃ。」
「……」
「見つけられなかった過去の自分を責めたところで、余
計に自分を傷つけるだけじゃ。それよりも、過去の傷つ
いた自分をなぐさめたり、褒めたりして、自分を認める
ことから始めればいいのじゃ。」
「… 僕は悪くなかったの？」
「お前は何も悪くなどない。」
　ふくろうの優しい言葉に、涙がこぼれそうになるのを
こらえていたけれど、

「お前はいままで精一杯、よく頑張ってきた。ここまで大変だったじゃろう…」
　と、さらに語りかけるので、ライオンは耐えきれず下を向いて泣いた。

　しばらくして、涙が治まったライオンに、ふくろうが明るく話しかけた。
「お前に、宝物を見つける極意を教えよう！」
「ごくいって？」
「一番大切な秘訣じゃよ。」
「うん。」
　ライオンは嬉しそうな顔に変わり、ふくろうの言葉を待っていた。
「それは、宝物が存在することを知ることじゃ。」
「存在することを知ること…??」
　そのあまりに単純すぎるふくろうの答えに、ライオンは思わず考え込んだものの、期待外れだったことに気づきふてくされて言った。
「何それ？　一番大切なことがそんなこと？　そんなのズルイよ。ちっとも大切なことなんかじゃないじゃないかっ！」
「フォォッフォフォッフォッ！」
　ふくろうはライオンの反応を読んでいたかのように笑

い出した。

「では聞くがの。お前はいままで宝物を見つけようとしておったか？」

「それは… してないけど……」

「では、これからはどうじゃ。この世界にお前の宝物が必ず一つはあるのじゃぞ？」

「そりゃあ、あるっていうなら見つけたいと思うけど…だけどこれだけ広い世界にたった一個しかない宝物を探すなんて不可能だよ！」

「それを探す 宝の地図 があっても？」

「宝の地図？　そんなのどこにあるの？」

「わしの目の前にある。」

「どこ？」

　ライオンは辺りをキョロキョロ見回して何も無いことを確認すると、ふと思いついたように、

「また“目には見えない”って言うんでしょ？」

　と、すこし諦めた声で言った。

「ホゥ！　お前は頭の回転が速いんじゃな。」

　ふくろうは少し驚いたようにそう言うと、

「まさしくお前の言うとおりじゃ。」

　と言って微笑んだ。ライオンは言葉には出さなかったものの、やっぱりといった感じで、ため息をついた。

「僕には目に見えない宝の地図なんか、無いのと同じだよ！　僕を思ってくれるなら、ふくろうさんが見えてる

僕の宝の地図がどんななのか教えてくれればいいんだ。
本当は僕の宝の地図が見えるなんて嘘なんでしょ？」
　ライオンは苛立ちを隠せず、投げやりに言った。
「正確に言おう。わしにはお前の中に宝の地図があると
いうことだけが見えておる。それは本当じゃ。じゃが、
お前の宝の地図に何が描かれておるのかまではわからん
のじゃ。」
　ライオンをなだめるように、ふくろうはいつもより
ゆっくりと語った。

Ⅲ

　ライオンは来る日も、来る日も、同じように、日中は
なるべく自分だけの時間を多く過ごし、ふくろうとの会
話を思い出すようにしていた。そして夜になり、仲間が
寝息をたてると、こっそりと寝床を抜け出し、ふくろう
に会いに行った。

　「幸せは、みんなに平等に与えられているものだってお
祖母ちゃんは言ってたけど、僕はこの歳でも、そんなの
嘘だってわかるよ。だって僕ほどダメなライオンを見た
ことないから…」
　ライオンは自分が子どもじゃないということをアピー
ルするかのように、現実が厳しいということを話題にし
た。
　「お祖母さんが言われたことは嘘じゃない。ただ、幸せ
を感じる能力は、それぞれの者によって違うがな。」
　ふくろうが言った意味を正確に理解できなかったライ
オンは、"それぞれに""違う"という単語だけを聞いて
「ほら、やっぱりね！　平等じゃないってことでしょ？」
　と、少し得意気になって答えた。
　「平等じゃよ。幸せは、お祖母さんが言われた通り平等

に与えられておる。それを気づくことができるかできないかの差だということじゃ。」

「幸せに気づく？」

「そう、神からのプレゼントはいつも目に見えんものばかりじゃ。幸せもな。お前は足が速いことや狩りが上手いことが幸せだと考えておるようじゃが、それが幸せとは限らんのじゃよ。」

「足が速くて、狩りが上手かったら、絶対幸せだよ！」

「その幸せは、お前にとってじゃろう？」

「僕だけじゃないよ！　ライオンに生まれて、この二つの才能があったら、絶対に絶対に幸せだよ！」

「『どの者にとっても絶対に幸せ』なんてものは、存在しないのじゃよ。なぜなら、幸せは与えられるものではなく、心で感じるものだからじゃ。そして心はそれぞれによって違っておって、ひとつとして同じものは無いのじゃからな。」

　ふくろうの話に納得できないライオンは、少し考えてからまた反論した。

「… でもさぁ、その二つの才能があって、不幸だって思うことはないと思うけどな？」

「では、足が速くて、狩りが上手い雄ライオンがいたとしよう。その雄ライオンには愛する妻と子どもがいて、家族と一緒に過ごす時間が何よりも好きなんじゃ。じゃが、仲間の者たちは、彼が一番足が速くて狩りが上手い

から、狩りのときには必ず彼を必要とした。しかも危険
な獲物のときには、必ず一番危険な役を彼に任せた。彼
は家族と過ごす時間が好きなのに、他の雄ライオンより
も狩りに出ることが多く、いつも危険な目にあって心が
休まることがない。… さぁ、この雄ライオンは幸せな
状態と言えるかのぉ？」
「それは……」
「お前はまだどこかで“幸せ”という状態があって、あ
る日、ある時、その状態がやって来ると思っておるので
はないか？ もし仮にそのような幸せがあったとしても、
それはいつ消えるかもわからない不確かな幸せじゃ。
じゃが、お前が“幸せ”を感じる能力を身に付ければ、
どのような状況になっても幸せを見つけることができる
のじゃ。」
　ライオンはふくろうの話を理解するために、しばらく
黙って考え込んでいた。
「じゃあ、ふくろうさんは、僕がみんなからバカにされ
ているときでも、幸せがあったはずだって言うの？」
「どうじゃろうな？ あったかもしれんが、いまのお前
が見つけるのは難しかったかもしれんな。」
「じゃ、やっぱり僕だけは幸せが少なかったってこ
と？」
「多いとか少ないとかと言っておる時点でお前は誰かと
比較しておる。比較して得た幸せなど、すぐに消えてし

まうのじゃ。それよりも、見つけるんじゃよ。お前が幸
せを感じる瞬間を…」

　そうふくろうに言われたとき、ライオンの中に、朝陽
に照らされた草がキラキラと輝く風景が思い浮かんでい
た。

「僕は、今日も友達にバカにされたよ。幸せをいっぱい
見つけられるようになりたいって思ってたのに、辛いこ
とばかりが起こるんだ。ねぇ、ふくろうさん、ホントの
ことを教えて。僕は苦しむために生まれてきたの？　神
様は僕が苦しんでることが嬉しいの？」
「ホゥ、お前は今日も良く頑張ったのじゃな。お前は本
当に素直で賢い！　そんなお前を神が苦しめるはずがな
いじゃろう。良いか、幸せを見つけることも、神が自分
を愛してくれていると感じることも、明るい未来を思い
描くことも、すべて考え方のくせなのじゃ。くせを身に
付けるには、意識する時間と根気が必要じゃ。じゃが、
身に付いてしまえば、後は簡単じゃろ？　お前が進んで
おる道は、決して間違ってはおらん。いまは少々辛いか
もしれんが、焦らんことじゃ。」
「うん。… でもさ、どうして神様は、苦しんでいる僕
のことを助けてはくれないんだろ？」
「それはな、きっとその苦しみが、お前にとって必要だ
からじゃ。」

「僕はこんな苦しみ要らないよっ！」

　ライオンは、みんなからバカにされたことを思い出し、声を荒げて言った。

「お前の中にある感情に、無駄なものなど一つも無いのじゃ。それがたとえ、苦しみであっても、憎しみであっても。誰かを嫌ったり、バカにしたり… そんな、一般的には良くないとされる感情であったとしてもじゃ。」

「でも、僕は友達を嫌っちゃダメだって、お母さんに言われてるよ。」

「そうじゃな、確かにそれが常識じゃ。でも嫌いになるなと言われて、嫌いにならずにいられるほど、動物は単純にはできておらん。自分で抑え込もうとしたところで、そういう感情は出てくるものじゃ。なぜなら、そういった感情さえも神が創ったからじゃよ。この地球に生まれた者に、わざわざ神が与えられた感情なのじゃ。神の元では、そのような感情は無い。では、なぜ神がこのような感情を創られたと思う？」

　なぜかと聞かれてライオンは考え込んだ。そして、

「神様のいたずら？」

　と言うと、

「フォォッフォフォッフォッ！」

　と、ふくろうはいつもの大きな声で笑った。

「どうやら、お前の想像する神は、いじわるな印象が抜けんらしいな。」

　ひとしきり笑った後に、ふくろうはまじめな顔に戻って話し始めた。
「よいか？　お前は誤解しておるようじゃが、これだけはしっかりと覚えておくといい。神は、いたずらに命を与え、いたずらに傷つけるような真似は絶対にせんのじゃ。それどころか、神はすべての命が喜び、輝くときをずっと辛抱強く待っておられる。」

　しばらく静寂に包まれていた森の中に、再びふくろうの柔らかい声が響いた。
「お前は昼の星を見たことがあるか？」
「昼の星？」
「そうじゃ、昼の星。」
「昼に星なんか無いよ！」
「昼にも星はあるのじゃ。」
「……？」
「昼にも、星はあるのじゃよ。」
　首を傾げているライオンを見ながら、ふくろうはもう一度繰り返した。
「星はな、夜と同じ様に、昼の空の上にも存在しておるのじゃ。ところが、昼は太陽の光が星の光よりも明るいせいで星が無いように思うのじゃよ。」
「昼にも星があって、でも昼は太陽が明るいから、星が光っててもわからない…」

　ライオンは自分の頭を整理するために、ひとつひとつ確認するように言葉にした。

「そうじゃ。つまり星が輝いて見えるのは、星が光を放っているからということもあるが、闇の中にあるからということも重要なんじゃよ。わかるか？」

「うん。何となく…」

「それでは話を元に戻すが、神がこの地球（ほし）の生命に、闇の感情を与えられたのはなぜか？　それは、光の感情を知るためじゃよ。自分が光の感情で生きていると感じるためには、闇の感情を知る必要があるのじゃ。」

「でも神様の国には、闇の感情なんてないんでしょ？　だったらどうして僕たちにだけ、この感情を与えたの？　もしもなかったら、この地球（ほし）はもっと幸せだったはずだよね？」

「フォフォッ！　またお前はどこかで、神が意地悪をしたと考えておるのじゃろう？」

「そんなことないよ！」

　ライオンはムキになっている自分に気づき、慌ててごまかした。

「まぁよい。では、ちょっと目を閉じて想像してみるのじゃ。」

　ライオンはふくろうに言われるまま、目を閉じた。

「お前が星になったと想像してみるがよい。お前はいま、闇の中において、自分の内側から光を放つ美しい星じゃ。

どうじゃ、想像できるか?」

「うん。」

「では次に、神という目も眩むばかりの強い光が目の前にあることを想像してみるのじゃ。その明るい光に包まれながら、輝く星である自分を想像してみると…… どうじゃ、それでも自分の光が見えておるか?」

「すごく眩しくて…。僕も輝いているんだろうけど…良くわからない…」

「そうじゃ、その状態じゃ。では、お前はもう一度、おまえ自身が光り輝いているということを感じたいと願ったとしたら?　お前は神に何とお願いする?」

「う……ん…… 神様、僕を闇の中に連れて行ってください。」

「そうじゃっ!」

　ひときわ声を大きくしてふくろうが言った。

「お前はそう言ったのじゃ!　… とは言っても生まれてくる前の話じゃからな、きっと忘れてしまったじゃろうが… フォフォッ!　この地球の生き物たちは、そう神にお願いして生まれてきたんじゃ。自分の命が光り輝いている姿を見たくて。」

「……」

「そしてより命の輝きを知るために、自らお願いして神に記憶を消してもらったのじゃが、闇の中で暮らすうちに自分が光の存在であることも忘れてしまったのじゃ。

そして多くの命が生きることに苦しみ、神をいじわるな
存在だと思い込んでおる。」
　そう言うと、ふくろうは少しおどけた表情を浮かべて、
ライオンを見つめた。

「闇の感情がある理由はわかったけど、僕がこれから先、
自分が光の存在だって感じるためにはどうしたらいい
の？」
「フォフォッ！　良い質問じゃ！」
　ふくろうは本当に幸せそうな笑顔をしながら話し始め
た。
「まず、闇の感情が出てきたときを大切にすることじゃ。」
「大切にするって？」
「たとえば友達からバカにされたとき、お前の中に一番
大きく占めていた感情はどんなものだったじゃろう？」
「一番大きな感情は…　悲しかった…　かな？」
「そうか。ではまず“悲しみ”という感情がお前の中に
存在するということを、認めることじゃ。お前は悲しい
と感じたときの、体の変化を覚えておるか？」
「悲しいときは、胸が苦しくなる。息を吸うことができ
なくなるくらい…」
「ではその体の反応を思い出しながら、お前の中にある
“悲しみ”という感情をとことん味わうのじゃ。」
「とことん？」

「そうじゃ。とことんじゃ。」
「お前の中にある"悲しみ"は、過去にお前が味わった
ときに受け止めきれず、見ないようにしてきた感情だか
らじゃ。じゃからお前が体の反応も思い出しながら、自
分に『悲しかったね』って語りかけてやると、いま悲し
いと感じていること以外にも、過去の出来事が次から次
へと思い出されてくるじゃろう。幼かった自分には受け
止められなかった"悲しみ"の一つひとつを、成長した
いまのお前がちゃんと受けとめてあげるんじゃよ。
『あぁ、そうだ！ あのときも悲しかったね！』『よく我
慢したね！』… そんな風に自分を慰めながら、泣きた
いときは我慢せずにいっぱい泣くんじゃ。」
「……」
「そうやってとことん味わった後は、"悲しみ"という
感情に礼を言って、最後にわしは心に手を当てて、まじ
ないをするんじゃ。『悲しみよ、悲しみよ、飛んで行け
〜！』っと！」
　そう言いながら右の羽を大きく広げたふくろうは、
ちょっと恥ずかしかったのか、おどけた笑顔を見せた。
けれどライオンが真面目な表情のまま、
「どうして、僕を苦しめてきた感情にお礼なんて言う
の？」
　と聞くので、ふくろうも真剣な顔に戻って言った。
「お前の中に、その悲しみという感情がなければ、いま

のお前はないからじゃ。悲しみだけではなく、お前の中にさまざまな感情があるからこそ、他の者の気持ちが理解できるようになっておる。そして、その感情を味わったからこそ、それが手がかりとなって、お前は宝物へ向かって行けるのじゃ。」

「僕の悲しみが、宝物の手がかりになるの？」

「そうじゃ。そういう場合が多いのじゃ。」

IV

　ふくろうは今夜もライオンがたずねてくる時間を心待ちにする一方で、頭の中では、日中に聞いた予言屋の蝶が告げた言葉が繰り返されていた。
「そろそろ、覚悟を決めたほうがいいわ。」
　覚悟を決めたほうがいい…… 予言屋が使うこの言葉は、命が間もなく神の元へ帰る、つまり"死"を意味している。

　あとどれくらい？
　もし、わしが喉まで出掛かっていたこの言葉を発していたなら、きっと予言屋は正直に答えてくれたじゃろう。妻のことを聞いた、あの時のように…

「あと7日よ。」
　あのときも、まるで明日の天気でも教えるかのように、あっさりと答えてくれた。自分が神の使いであることを誇りにしている予言屋にとって、死は神の国に帰ることができる素晴らしい旅立ちでしかないので、ふくろうの葛藤を知ることはなかった。
　予言屋の予言は外れたことがない。ふくろうの妻は予言屋が伝えた通り、7日目の朝に神の国へと旅立って

いった。

　長くつれそった妻を亡くした日から、ふくろうの世界は薄暗い霧に包まれた。そしてふくろう自身の中にある光も、少しずつ弱まっていることを感じていた。それでも妻がいたときと同じように生活していたけれど、この2、3日で急に体が重く感じるようになり、ただ枝につかまっていることさえ、おっくうになっていた。そんな状態のときに予言屋が目の前を通っていくので、思わず、
「おい予言屋よ、わしはどんな感じじゃ？」
　と声を掛けてしまった。掛けたと同時に後悔したけれど、予言屋は案の定ちゅうちょすることなく、
「そろそろ覚悟を決めたほうがいいわ。」
　と、言いながら飛び去っていった。

「… あのライオンは、『僕は何の役にも立たない』と嘆いておったが、ここがもし、誰かの役に立つ者しか生きられない星だったならば、わしはもうとっくにこの世から去っておったじゃろう…」
　ふくろうはそう独り言を言って、少し哀しげに笑った。

V

　ライオンにとって、深夜が一日の中で一番好きな時間になっていた。夜になり、ふくろうと話していると、ダメな自分がみるみる変化し、自分にも何かできるんじゃないかという気持ちになった。けれど、目が覚めて日常の生活に戻ると、いつもと変わらない自分であることを確認し幻滅する… そんな日々を繰り返していた。

「やっぱり僕は変われないんだよ…」
　そううなだれて話すライオンに、ふくろうはいつものように優しく語りかけた。
「お前はいままで長いこと、自分のことをダメなライオンだと思って過ごしてきたのじゃ。無理はない。しかし、おまえ自身が変われると思っておるのならば、絶対に変われるはずじゃ。ただ前にも話した通り、これはクセじゃ。だから少々根気が必要なんじゃが… もしもわしならもっと簡単な方法を使うがな。」
「えっ、簡単な方法があるの?」
「そうじゃ!　場合によっては瞬時に変われる!」
「わぁ!　さすが、ふくろうさん!　で、どうすればいいの?」

　そう目を輝かせながら聞くライオンに、ふくろうは満面の笑みを浮かべながら言った。
「それはな、自分がダメなライオンだということを忘れることじゃよ。」
　その答えがあまりに単純で予想外だったので、ライオンはすぐに反応することができなかった。
「… 何それ？　そんなのズルイよ！」
　やっと、そう口にすると、キッとふくろうを睨んで
「僕が真剣に話してるのに、『お前の悩み事を解決するのは簡単じゃ！　悩み事を忘れれば良い！』って言ってるんだよ。ふくろうさんを信用した僕はバカみたいだっ！」
　っと、怒って言った。
　ふくろうは、ライオンの反応一つひとつが愛おしくて、微笑みながら見ていたけれど、ライオンがあまりに怒っているので、真面目な表情で答えた。
「確かに、わしがちょっとふざけた言い方をして、お前の気分を悪くさせたのなら、すまなかった。じゃが、お前がどんな答えを想像しておったのかはわからんがの、これもひとつの解決策なんじゃよ！」
「……」
「たとえば小さな悩み事があっても、大きな悩み事が来ると忘れることがあるじゃろう？　しかし、それでは解決はせんからのぉ… では、どうするか？　それは悩みを忘れてしまうほどの、楽しみや幸せ、お前がワクワク

すること… つまり"宝物"を見つけることじゃよ。闇を
見るのではなく、お前の中にある光に目を向けるの
じゃ。」

「それにしても、今夜の星空は美しいのぉ。星がこれほ
どまでに夜空を埋め尽くし、月が一段と美しく輝き、そ
してわしとお前が一緒に過ごす夜は、これが…」
　最後かもしれん… そう言いかけて言葉を変えた。
「なかなかないじゃろう！　お互い少しだけ夜空を鑑賞
してはみんか？」
　そう言ってふくろうは満天の星空を眺めた。ライオン
もふくろうと同じように、星の輝きを見つめていた。
ふっくらとした月が、ひと際明るく輝いていた。
　ライオンもふくろうも、しばらく黙ったままで、それ
ぞれがこの夜空の下にいる時間を楽しんだ。

「お前は、月の話を聞いたことがあるじゃろうか？」
　ふくろうは空を見上げたまま、ライオンに聞いた。
「月の話？」
「そう、月の満ち欠けの話じゃ。」

「ううん。聞いたことない。」

　ライオンも空を見上げたままで、答えた。

「そうか、では今夜は最後にこの話をしよう。なぜ夜空で一番目立つ“月”が満ちたり、欠けたりするのか…。それは、動物たちのために神がそうされたというのじゃ。」

「動物たちのために？」

　ライオンは驚いて、ふくろうに目を向けた。

「そうじゃ。」

　ふくろうもそう言ってから、ライオンを見て微笑んだ。

「神はな、この地球（ほし）の動物たちが、自分以外の動物を目にすると、すぐにどちらが偉いかといって競い合う習性を嘆いておられたんじゃ。神から見れば、どの動物たちも等しく愛おしい存在じゃ。そこで神は、どの動物たちからも見える月を使って大事なメッセージを伝えようとされたんじゃ。実際の月は、形が変わらんが、わしらから見える月は毎晩表情を変える…。このことで、神が何を伝えたかったのか、お前にわかったじゃろうか？」

「どの動物も、表面的な違いがあっても、同じだけ神様に愛されているってこと？」

「そうじゃ！　それも一つの大切なメッセージじゃ。他にもあるんじゃがな？」

「他に…　何だろう？」

「もし、お前の友達が満月で、お前はその逆の新月だったとしよう。欠けたことがない光り輝く満月の友達を見て、お前はどんな感情を持つじゃろうか?」

「そっか… そう言われたら… 満月が羨ましい。」

「そうじゃな。目の前の煌々とした満月の友人と自分とを比べて、自分には何かが欠けていると感じることも、生きていればあるじゃろう。そんなとき、今日のように月をじっくりと見て思い出すのじゃ。どの命にも優劣がなく、等しく満たされた存在であるという、神のメッセージをな。」

ふくろうは、自分にしっかりと視線を向けているライオンを見つめ、大きく頷いてみせた。

「あの、月が欠けて見える"影"の部分をよく見てみるのじゃ。あの部分は暗くて宇宙との境界線が見えづらいじゃろ? まるで月の欠けている部分も宇宙の一部のように見える…」

ライオンは黙ったまま、頭だけで頷いた。

「つまりな、自分が欠けているとか、他の者と比べて劣っていると感じることがあっても、その欠けた部分は、宇宙という名の神が満たしてくれるというメッセージなんじゃよ。」

「宇宙という名の神?」

「そうじゃ。神はいたるところにおられるからな。宇宙

であり、お前の目の前にあるその小さな石でもあり、この木の葉一枚一枚でもある。そしてわしの中にも、お前の中にもおられるのじゃ。じゃから神を求めれば、求めたものの中に神を感じることができるはずじゃよ。」

　ライオンは、いままで自分の中でつくりあげてきた神様のイメージが、ふくろうの話を聞いているうちに、大きく崩れていくのを感じていた。

「話を元に戻すが、神と自分が一体だと感じることができれば、それまで自分が欠けていると感じていた部分こそが、必要なんじゃと思えてくる。なぜなら、その欠けた部分にこそ神の偉大な力が働き、満たしてくれていることを知るからじゃ。そうして自分が満たされた存在だと思えた者は、相手も自分と同じじゃと思うことができる。見た目の違いがあっても、優劣などないのだと…」

「確かに…。僕が新月だったら全身が神様と一体だから、きっと誰よりも幸せだと思うよ。羨ましいと思った満月だけは影が無いから、神様から満たしてもらえないんだね！　そしたら僕、満月じゃなくて良かった！」

　そう嬉しそうに伝えるライオンの言葉を注意深く聞いていたふくろうが、優しい声で言った。

「これは神が創ったお話じゃ。じゃから満月は一番光が当たっているから勝ちだとか、新月は神と一体化しているから一番幸せだとか、三日月は一番人気が高いから偉いとか、…　これは、すべて裏にひとつのキーワードが

隠されておるじゃろ？　気づいたか？」

「………？」

「"他と比べて"ということじゃ。誰かと比べて幸せを見つけても、些細なことで崩れてしまう。じゃから比べるのではなく、お前の心がただ感じることができる、そんな幸せの見つけ方をこれからは身に付けると良いじゃろうな…」

「比較しない幸せ…？　それって、どうすれば見つけられるの？」

「お前の心がただ喜ぶことを追っていけばよいのじゃよ。それが何のためになるとか、誰かの役に立つとか、そうやって頭で考えるのではなく、子どもの頃にただ蝶を追いかけて走っていたときのように…」

　そう言われて、心がただ喜ぶことを考えているライオンの横で、

「おぉ、そうじゃ！　さっき言い忘れておったが、満月にも影は存在しておる！　わしらの目には見えんがの。フォォッフォフォッフォッ！」

　と、静かな夜に、月にまで届くかのような大きな声で、ふくろうが笑った。

「ねぇ、ふくろうさん。神様って本当にいるんだよね？」

　ふくろうの言葉を待たずに、ライオンが続けた。
「今日、『僕は神様に守られてるんだ』って言ったら、友達が『神様なんていないに決まってる』って言うんだ。」
「それで、お前はどう思っておるのじゃ？」
「僕は…、神様はいると思うよ。でもね、みんなが思っているほど、力は無いんじゃないかって思ってる。だって、僕が苦しんでたって何も助けてくれないし。それに、もし神様がいるなら、こんなに多くの動物たちが毎日死んでいくなんて変だよ。」
「お前は… ライオンなのに？」
「そうなんだ。それもあって、僕は大人になるのがイヤなんだ。もし僕が大人になったら、家族や仲間のために弱い動物たちを襲わなきゃいけないでしょ？　僕たちライオンはそうしなきゃ生きていけないんだ。だけど、それでも僕はあんまり狩りをしたくないんだよ。もし本当に神様が優しくて力があるなら、僕たちライオンにこんな残酷なまねはさせないと思うんだ。」
「そうか… そうじゃな。わしもずっとそう思っておった。… ずっとな。」
　そう言って、ふくろうは暫く考え込むようにして黙り込んでいた。そして突然、
「わしはな、」
　と、力強い口調で言った後、夜空を見上げ、目を閉じて大きく息を吸い込んだ。やがてゆっくりと目を開けて、

夜空に向かって頷くと、ライオンの目を見つめて話し始めた。

「わしはいまでこそ一人じゃが、二年前までは妻と一緒に暮らしておった。わしと妻とはな、お互い惹かれあって一緒になったものじゃからな、ただ妻と一緒に暮らせるだけで幸せじゃった。ところが、わしら夫婦の間にはなかなか子どもができなくてのぉ、他のふくろうたちに子どもできたと耳にする度に、自分たちの幸せを感じることができなくなっていったんじゃ。もうわしら夫婦に子どもはできん… そう諦めた頃、何とも不思議なことに子どもを授かったんじゃよ。待ちに待った子どもじゃからな、それはそれはもう、たとえようもないほど可愛くて、ただ眺めているだけで幸せじゃった。」

　その頃の光景を思い出しているのか、ふくろうの声にいつも以上に優しいぬくもりあることをライオンは感じていた。

「じゃが一ヶ月も経たないある日、いつものようにエサを探しに出かけ、戻ってみると、そこにヒナの姿も、妻の姿も無かったんじゃ。」

　その言葉の後に続いた長い沈黙が、まだ大人になりきれていないライオンにも、簡単に踏み込んではいけないと感じさせるほど、繊細な空気を創り出していた。

「残っていたのは無残に飛び散ったヒナ鳥の、ちいさな羽だけじゃった。」

　ふくろうの声は、いままで聞いたことがない、低く
しゃがれたものに変わっていた。
「わしは瞬時に状況を悟った。全てを失ったということ
を。幸い、妻だけは助かったことを後になって知ったが、
それ以来、わしら夫婦に子どもはできんかった。妻はそ
のときのことをあまり話そうとはせんかったが、タカが
襲ったということだけは話してくれた。わしはそのとき、
タカを一生憎み続けてやると心に誓ったんじゃ。神はな
んと残酷なことをされるのかと、神さえも恨めしく思っ
たもんじゃ。よりによってなぜわしら夫婦の子どもを…。
こんなことを思ってはいけないと思いつつもな、やっと
できたわしらのヒナではなく、子宝に恵まれ『子どもが
多すぎて困る』と嬉しい悲鳴を上げているふくろうのヒ
ナを襲ってくれれば… そんなことを思い、そしてそん
な風に考えてしまう自分がより惨めじゃった…。悲しく
て、悔しくてのぉ。もしあのとき、妻も一緒に喪ってい
たなら、わしは間違いなく、いまここにはおらんかった
じゃろう…」
　ふくろうは、遠く一点を見つめながら、小さく息を
吸って続けた。
「じゃが、それから何年もかけて、妻と共に辛い日々を
乗り越えたとき、わしなりの答えを見つけることができ
たんじゃ。神は、わしに宝物の存在を気づかせてくれた
のじゃということを。」

　そう言うと、ふくろうは、ライオンに視線を戻した。
「わしは出掛けておったから子どもを喪ったショックだ
けで済んだがな、その場におった妻は、悲しみだけでは
なく、罪悪感もあったのじゃろう。見るに耐えないほど
衰弱していきおった。わしはそんな妻を見ているのが余
計に悲しくてな…」
　ふくろうには、その頃のことが思い出されているよう
で、少し渋い表情を浮かべていた。
「最初はわしも妻と一緒になって、黙り込んだまま、
ずっとうつむきながら暮らしておった。じゃが、このま
まではお互いダメになると思ってな。どうにかしようと
考えたときに、わしは妻を何とか笑わせてやろうと思い
ついたんじゃ。心が壊れてしまう寸前の妻は、わしの話
になかなか笑ってはくれんかったがな、それでも懲りず
に毎日毎日話しておったら、ようやく妻が笑ったんじゃ。
あのときの妻の笑顔を、わしはいまでもよく覚えておる。
出会った頃の妻もきれいじゃったが、あのときの妻の笑
顔は、わしの心の暗闇を全て拭い去ってくれるほどに、
美しかったんじゃ。」
　ライオンは、ふくろうのとても大きな愛が伝わってき
て、自分の中に温かいものが広がっていくのを感じてい
た。
「そこでわしは調子に乗ってな、とにかく妻を毎日笑わ
せてやろうと考えたのじゃが、わしは元来マジメなふく

ろうじゃからのぉ…　笑わせようと思っても、そんな才
能は持ち合わせておらんから必死でネタを探し回ったん
じゃ。たとえば、そうじゃな…、玉突き事故を起こして
いたゾウの話とか、首が回らなくなったキリンの話、ネ
ズミを追っているうちに体をかた結びしてしまった蛇の
話、それから肌が白いのと黒いのとで、どっちが偉いか
と喧嘩をしていた人間の話…、とにかく毎日妻を笑わせ
ることがわしの楽しみになった。」

　ふくろうは、ここまで話し終えると、一度おおきく深
呼吸をした。

「子どもを喪ったことに焦点を合わせれば、それはもち
ろん一生消えることのない悲しみじゃ。じゃが、そこか
ら徐々に視野を広げて全体像を見てみると、そこには、
誰よりも愛する妻と共に過ごした、わしの幸せな人生が
あるのじゃ。いま、わしがこの歳になって、このわしの
一生を振り返ると、わしがわしらしく生きるためには、
あの悲しみはなくてはならんものじゃったと、ハッキリ
と言えるのじゃ。」

　ふくろうの声は、落ち着いていて、とても力強かった。

「神は、お前にお前自身の宝物を探すことを求めている
のじゃ。ただ、何事もなく幸せである状態は、神の国に
戻れば、いくらでも経験できる。じゃが、この悲しみが
あるからこそ、喜びを感じることができる世界は、この
地球で生きておる者にしか経験できんのじゃよ。」

　… 僕の宝物。

　ライオンは心の中でそうつぶやいた。

「この命、つまりわしがふくろうとして、愛する妻と共に過ごす生き方ができる命は、わしだけのオリジナルのシナリオじゃ。そして、わしはこのシナリオをかなり気に入っておる。生まれる前のわしはさすがじゃよ！　なかなかシナリオを書くのが上手い！　お前はどうじゃ？」

　そう言ってライオンに話しかけた。

「僕のシナリオはかなり難しいよ。どうして僕は、もっと楽なシナリオを考えなかったんだろう？」

「それは、お前がお前を信用しておるからじゃよ。お前にはこのシナリオを演じきるだけの器量… つまり能力があると思っておるわけじゃ。」

「山道を歩くみたいに、どんな生き方でもいいって始めからわかってたら、楽な生き方のほうがいいに決まってるよ。」

「そうとも限らん。残念なことに、自分には嘘がつけんのじゃ。ハードなシナリオの生き方をする者は、やはり心の底… というか、魂がそれを望んでおるのじゃ。」

「そうかなぁ…？」

　ライオンは、口ではそう返事をしながら、心の中ではどこか納得している自分がいることを感じていた。

「ほんとに何で、僕の魂は、こんなハードなシナリオを望んじゃったんだろう？」

「フム、そうじゃな。ハッキリとはわからんが、きっとハードなシナリオの方が、ワクワク度が高いんじゃろう。ワクワクするということは、魂が輝きを増すということじゃ。では、なぜ魂が輝きを増すといいのか？　それがつまり、さっきお前が嘆いていたことに繋がると、わしは思っておる。」

　ふくろうは、少し得意気な笑顔を浮かべながら続けた。
「いまこの地球では、強い者が弱いものを襲って生きていく。どんなに辛く悲しいことでも、魂が学ぶために必要なんじゃ。じゃが魂が多くを学び、いつかこの地球に輝きが増した魂を持った生き物たちが増え続けたら、どうなるじゃろうか…？　きっとそのときには、この地球から無意味な殺し合いは無くなるように思うのじゃ。つまり、これがこの地球に仕掛けられた大きなトリックではないかとわしは踏んでおる！」

「ところで生まれる前のお前は、この後どんなシナリオを考えてきたと思っておるんじゃ？」

　ふくろうは、ライオンが月の無い夜の計画をどうしようと思っているのかが気になっていたので、それとなく聞いた。
「僕は、多分… この後、劇的に変わるような気がする

んだ。だってもし生まれる前の僕が本当に僕の幸せを
願ってるなら、もう僕をこれ以上苦しめる必要はないで
しょ？」
「ホホゥ。」
　ふくろうは、ライオンの答えが、確実に生きることを
選択しようとしていることを物語っていたので、踊りだ
したいほどに嬉しかった。
「で、劇的にとは、どんな風に変わるんじゃ？」
　満面の笑みを浮かべたまま、ふくろうは聞いた。
「えっ？」
　まさか内容まで聞かれると思わなかったので、ライオ
ンは急にもじもじしながらうつむいた。その様子を見て
ふくろうが言った。
「まぁムリして言わんでもいいのじゃがな、お前自身が
シナリオ通りになって欲しいと本気で願うならば、口に
出したほうが叶いやすいというからな…」
「別に言いたくないってわけじゃないけど、でも、いま
までの僕からは想像できないようなことなんだ。だから、
ふくろうさんはきっと笑うよ！」
「何を言っておるのじゃ！　いままでのお前から想像で
きんようなことでもいい。…というか、むしろその方
がいいのじゃ。いままでの延長線上のシナリオなどつま
らんからのぉ。聞いてるわしが驚くような、そんな内容
の方がいいのじゃよ。」

　そうふくろうが言ってくれたので、ライオンはちょっと照れくささを感じながらも、自分の想像するシナリオを語った。
「僕はね、ずっとみんなからバカにされて生きてきたけど、実はこれは劇的に変わるために必要なことだったんだ。僕のこれからは、みんなから尊敬されて、慕われて、愛される存在になるんだよ。ただ具体的にどうしてそうなるかは、まだ想像できていないんだけど…、でも、きっと…　そんな気がするんだ。」
　ライオンが始めは照れながら、それでも少しずつ楽しそうに話をするのを、ふくろうは幸せな気持ちで眺めていた。

　…　これで、もしわしの姿が見えなくなったとしても、生きることを選択するじゃろう。
　ふくろうは、そう思っていた。けれど、もう少ししっかりとした確信を持ちたくて、ライオンに話しかけた。
「どうじゃ、わしと一緒に楽しいゲームをしてみんか？」
「どんなゲーム？」
「幸せを見つけるゲームじゃよ！」
「幸せを見つけるゲームっ？！」
　ライオンはそう繰り返すと、目を輝かせてふくろうを見た。

「そうじゃ、ルールは簡単じゃ。自分が幸せと思うことを挙げればよいのじゃ。過去のことでも、いまのことでも、未来のことでもよい。現実的でも、そうでなくても… 何でもよいのじゃ。」
「過去やいまのことはわかるけど、未来のことって？」
「未来にこうなったら幸せだろうと思うことを、いま言ってしまうのじゃ。たとえば、『わしはこの地球で一番初めに宇宙旅行をしたふくろうになれて幸せじゃぁ！』って感じじゃな。」
　ふくろうは真面目に説明しているように見えたけれど、ライオンはそれが可笑しくて、思わず笑ってしまった。ふくろうは、ライオンの笑っている顔をこのとき初めて見た。笑った顔のライオンは、やはり子どもらしさがあふれていて、ふくろうはその笑顔を見ただけで、心の中に幸せな気持ちがいっぱいに広がっていくのを感じた。
「そんな風に、有り得ないことでもいいなら、きっとたっくさんあるよ！」
「では、たっくさん出してみるのじゃ。次に鳥が羽ばたくまでの間に、なるべくたくさん幸せを出すのじゃぞっ。では、始めよう。」
「わしは妻と出逢えて幸せじゃ～ぁ。」
　ふくろうは、自分に言うでもなく、ライオンに聞かせるでもなく、まるでここに居ない誰かに聞かせるかのように優しく言った。

「さぁ、次はお前の番じゃ！」

　と、ふくろうはライオンを見た。

「僕が幸せだと思うこと？　何だろう？」

　ゲームを始める前は、たくさんあると思っていたライオンだったけれど、ゲームが始まり、具体的に挙げよう思うとなかなか浮かんでこなかった。ライオンが考えている間に、自分の幸せを考えておこうと思ったふくろうは、次から次へと幸せなことが思いついて、思わず小さな笑い声がこぼれてしまった。それでも、ライオンは真剣な顔をして幸せを探していた。ふくろうは、多分自分がヒントを与えれば、すぐにライオンにも幸せが思いつくだろうと思ったけれど、あえてそうせずに、時間をかけてライオンが自分で答えを見つけるのを待っていた。

「僕は、優しいライオンに生まれて良かったと思っているけど、でもそれが逆に、良くない結果に繋がるときもあるんだけど…」

　そう言うライオンの言葉を聞いて、ふくろうは慌てて言った。

「いいんじゃ。いいんじゃ。このゲームでは、幸せの裏側まで探さんでもいい。こっちの面から見た幸せが、逆の面から見ると不幸せ…、案外そういったことが多いのかもしれんが、いまこのゲームで大切なのは、冷静に分析することではないんじゃ。ただただ、お前自身が幸せだと感じる瞬間を切り取れば良い！」

「さぁ、もう一度言い直してゲーム再開じゃ。」

「うん、わかった。僕は優しいライオンに生まれて幸せだぁ！」

　そう言うライオンにふくろうは何度もうなずいた。

「では、わしじゃな。わしは話ができるライオン、つまり、お前に会えて幸せじゃ〜」

「あっ、じゃあ僕も。僕もこんなに僕の話を聞いてくれる、ふくろうさんに会えて幸せだぁ。」

「フォフォッ！　マネしおったな。ではマネできないことにしよう。」

　ふくろうは、いたずらな笑いを浮かべながら、

「わしの首は360度回って幸せじゃ〜」

　と言うと、自慢げに首を一回転して見せた！　ライオンは驚きと共に歓声をあげた。ライオンがあまりに喜ぶので、ふくろうは何度も何度も首を回した。

「次は僕だね？　未来のことでもいいんだよね？」

　ライオンは、そう前置きをしてから、

「僕のたてがみが格好良くって幸せだぁぁ！」

　と叫ぶように言った。

「ホホゥ、そうじゃな。雄のライオンにとって、たてがみは大切じゃなっ！」

　そう微笑むと、ふくろうも負けずに大きな声で言った。

「わしは今日、花が開く瞬間を見た！　幸せじゃった〜」

「あっそれなら… 今日の夕陽はすっごくキレイだった

よ。あんな夕陽が見られて、僕はホント幸せだっ！」
「それなら、わしは夜型じゃからな、いつも朝日を見て
から眠っておる。こんな幸せなことはない！　あっ、こ
れでは夜型ということと、朝日が見られことと、無意識
に二つも幸せが入っておったわっ！　フォォッフォ
フォッフォッ！」
　そう言って笑うふくろうに、ライオンもつられて笑っ
た。
「僕は、やっぱり、ライオンに生まれて幸せだぁ！」
　ライオンが言ったその言葉に、ふくろうの胸が熱く
なった。
「では、わしじゃな。わしが神話を話す役目になれて幸
せじゃ～」
「えっ？　神話??　それ、どういう意味？」
　そう不思議そうな顔をして聞くライオンに笑いかけな
がらふくろうは言った。
「まぁこれは、近々教えることじゃ。じゃから、いまは
ゲームを楽しむのじゃ。さぁ、次はお前じゃぞ！」
「僕は…、海が見れて幸せだぁ！」
　そうライオンが言い終えたとき、一羽の鳥が羽ばたい
て、暗闇の中へと消えていった。
「お前は海を見たことがあるのか？」
　ライオンの言葉に少し驚いてふくろうが聞いた。
「ううん。」

　ライオンは首を横に振った。

「ふくろうさんは、海を見たことある？」

「フォフォッ！　わしは一度だけな。」

「いいなぁ！　ねぇ、海って大きいんでしょ？　大きいってどれくらい？　青いって聞いたことがあるけど、どんな風に青いの？　ねぇ教えて！」

「そんなに海に興味があるのならば、お前自身で見に行けばよいじゃろう？」

「僕が？　そんなの無理に決まってるよ。」

「なぜじゃ？」

「なぜって、僕が海を見るなんて、そんなこと考えられないから。」

「なぜ考えられんのじゃ？」

「だって、僕はライオンなんだよ？　ふくろうさんみたいに、飛んでいけるわけじゃないんだ。もし、僕が海を見るってなったら、僕は旅をしなきゃならない。そんなの絶対無理だよ！」

「なぜじゃ？」

「それは…、僕が、旅ができるような、しっかりしたライオンじゃないからだよ。」

　ライオンはうつむいて、小さな声で答えた。ふくろうは、ゲームをしていたときとは違う、落ち着いた声で言った。

「よいか、お前がいまおる場所から、どの方角でもよい。

お前がここだと思う方向へまっすぐに進めば、そこには
必ず海がある。お前が自分で諦めと言う名の壁をつくら
なければ、必ず海へと辿り着けるのじゃ。空を飛べない
動物は、上からの景色を知らんからの。目の前に立ちは
だかる壁を見て、ここが限界だと感じてしまうのじゃ。
ところが、わしらが空から見ておると、そんな壁は点ほ
どにしか見えん短いものじゃ。その点の傍らで大きな動
物が悩んでおる姿はまさに滑稽じゃ。そして、もっと滑
稽なのは…」

　ふくろうの声が鋭く変わった。
「そこに壁など無いのに、自分で勝手に見えない壁を築
き上げ、その壁を越えられないと思い込んでおる者じゃ。」

　そう言ってから、ふくろうは優しい声に戻り、
「旅をしてみたらどうじゃ？　お前自身の目で海が見て
みたいと思わんか？」

　と聞いた。ライオンは、自分が無防備に言ってしまっ
たことから、話がどんどん進んでいくことに少し戸惑い
ながら、
「僕が旅になんて出られるはずないよ。ホントに、そん
なことできっこないんだ。」

　と、訴えかけるように言った。
「そうじゃな。いまはできるとか、できないとかを考え
る必要はないのじゃ。もし、お前が、いままでのお前の
ことや、いまのお前の能力、そういったことを全て横に

置いて、ただ『旅に出て、海を見てみたいと思わない
か？』という質問に答えるだけだったとしたらどうじゃ？」
「それなら、勿論見てみたいよ。」

「フォフォッ！　どうやらお前の宝の地図は見つかった
ようじゃな？」
　ふくろうは嬉しそうに、ライオンを見て微笑んだ。
「その宝の地図を手にしてどうするかは、お前が決める
のじゃ。これからも、お前が必要なときには、わしから
アドバイスはするが、決断はお前がするのじゃ。わかる
な？」
「……」
「わしだけではない。これからお前が生きていく中で、
たくさんの者から話を聞き、必要なときにはアドバイス
を求めればよい。じゃが、どんな相手でも、たとえ親で
あっても、言いなりになるのではなく、最後は自分で決
めるのじゃ。」
「親でも信用しちゃいけないの？」
「そうではない。たとえ親子でも、"宝物"がそれぞれ
違うのじゃ。宝物が違えばアドバイスも変わるじゃろう。
じゃからお前が親に依存して、何も考えず言われた通り
にしておったら、お前自身を生きることはできんのじゃ。
お前はこの地球で、お前の"宝物"を目指して、舵をと

り進んでいくんじゃよ！」

VI

　翌朝、目が覚めてからも、ライオンの頭の中でふくろうの言葉が木霊していた。昨日の夜、「旅をして、海を見てみたい」と思う自分の気持ちに気づいてから、もう頭の中は旅と海のことでいっぱいだった。ライオンは自分がこれ程までに、旅をすることを夢みていたことに驚いていた。

「旅をしてみたらどうじゃ？」
「自分の目で海が見たいと思わんのか？」

　… そうだよ。僕だって、できることなら旅をしてみたい。いままで見たことのない場所を見ながら冒険して、憧れの海をこの目で見てみたい。だけど… だけど僕だよ？　何をやってもダメな僕が旅に出て、無事に海を見て帰ってこられるなんて、どうしてふくろうさんは思えるんだろう？　きっと僕がどれだけダメなライオンかを、まだわかってくれてないんだ。だからあんな無責任なことが言えるんだ…

　ライオンは必死に答えを出そうとしていた。

　… でも、できるかできないかじゃなくて、やってみたいかみたくないかって聞かれたら?

　やっぱり僕は… 本当は海を見てみたい。僕の心の中で、まだ見たことのない海が、どんどん輝きを増している…

　ダメな僕の心に、どうしてこんなにも、海は輝くんだろう?　僕はきっと、身の程知らずな夢を見ているんだ。そうだ!　きっと神様は、そのことを教えてくれてるんだ。身の程を知らないと、ライオンの世界は危険がいっぱいだって、お祖母ちゃんがよく言ってたのはこのことだったんだ!

　そうだ、だからもう旅のことは忘れよう… 僕は僕らしく、いままで通り暮らしていけばいいんだ。ふくろうさんには悪いけど、やっぱり僕が旅をするなんて無理だってことを、正直に今夜伝えよう!

　ライオンは、旅のことで頭がぐるぐる回っていた状態から、結論を出せたことで、少しだけホッとした。

　その晩、ふくろうに会うと、日中、自分なりに考えた答えを伝えた。

「ホホゥ、お前はえらいな!　よく自分で答えを出したのぉ。」

　ライオンはふくろうが怒るか、それともがっかりするか、そのどちらかの反応をすると想像していたので、感心するという予想外の反応に驚いて、恐る恐る聞いた。

「怒らないの？」

「怒る？　なぜ、わしが怒るのじゃ？」

「だって… せっかくふくろうさんが、旅に出た方がいいって言ってくれたのに、僕は断るんだよ！　もし怒ってなかったとしても、ガッカリはしたでしょ？　僕はやっぱりダメな子だって思ったでしょ？」

「そんなことは思っておらん。お前は神の子じゃ。お前が真剣に考えて出した答えならば、それはどんな結論であれ、素晴らしいことじゃよ！　自分で考えて、自分で答えを出す。これは簡単なことに思えて、とても大変なことじゃからな。お前が一つの答えを持ってきたというだけで、わしは感心しておるのじゃ。ただ一つだけ教えて欲しいのじゃが、お前はどうして旅に出ないことにしたのじゃ？」

「僕は、本当にダメなライオンなんだ。だから独りで旅を続ける間に、自分が生きていくだけの能力が無いんだよ。いままで自分だけで狩りに成功したことなんかないし、前にも言ったけど本当に僕は走るのが遅いから、こんな僕が旅に出たって、すぐに他の動物のエサになるか、食べるものが無くて死んでしまうか、どっちかだと思うんだ。」

　ライオンは大きくため息をついてから、話を続けた。
「だからね、もし僕がそれでもいいって決心して旅に出るって言ったとしても、僕の親は絶対に許してくれないよ。僕自身が一番、親を説得できる要素が何も無いことをわかってるんだ…」
「こうしてお前の話を聞いておると、わしには、親に反対されるということが、旅に出ない最大の理由に聞こえるがの？」
「……。そうかもしれない…」
　ライオンは素直に、そして寂しそうに頷いた。
「でも親は大切でしょ？　親を悲しませることはしちゃいけないよね？」
「諦めようと思ったら、諦められるのか？」
「諦めなきゃいけないことなら、諦めるしかないよ。僕の力じゃどうにもならないことが、僕にはたくさんあるんだ。だって…　僕はまだ子どもだから…」
　ライオンは感情のない言葉を口にしていた。
「お前はいままでも、そうやって、本当はできる可能性があることを、簡単に諦めてきたのじゃないか？　周りのライオンがお前をダメだと思うより先に、お前自身がお前をダメなライオンだと思い、やれることからも逃げてきたのじゃないか？　おまえ自身がそういう生き方を選んできたから、あの夜…」
　"死のうと思ったのではないか？"そうふくろうは言

おうとして、言葉を飲み込んだ。そして、自分が無意識
に強い口調になっていることに気づき、一度深い呼吸を
してから、優しい口調に戻して話を続けた。
「お前はずっと聞き分けがいい子の仮面を被って、実は
親に自分の気持ちを伝えることから逃げてきたんじゃな
いじゃろうか？　そうやって聞き分けの良い子を続けて
きて、お前はいままで何を手にしたのじゃ？」
　ギュッと口を閉じたまま下を向いていたライオンは、
しばらくしてから小さな声でポツリと言った。
「僕にはね… それしかないんだ。」
　自分の揃えた前脚をぼんやりと見つめながら、冷めた
表情で続けた。
「僕がお母さんに褒められるのは、それだけなんだ。『あ
なたは本当に聞き分けがいいから楽だわ』って。他の兄
妹に比べたら、大した褒め言葉じゃないことくらい自分
でもわかってる。でも、僕はそれでも嬉しかったんだ。
だから僕は、自分でその部分を消す勇気がないんだ。」
　ライオンの声は震えていた。
「それでお前の心は満たされてきたのか？」
　ライオンは答えなかった。すこし時間を空けてふくろ
うが続けた。
「では、なぜお前は、月の無い夜の計画を考えたのじゃ？　お前が死ぬということは、旅に出ることよりも
よっぽど親を苦しめることになるというのに…」

「… そうだよね、僕は逃げてる。ずっと… ずっと逃げてる。僕は怖いんだ。僕が、僕をこれ以上ダメにするのが。僕は、僕が本気で可哀想だって思うよ。だって僕は、僕を幸せにしてあげられそうにないから。僕は… もうこれ以上傷つきたくないんだ。夢なんか無くたっていい。誰かから特別に愛されなくてもいい。ただ傷つかないで生きていければ、もうそれで… 十分なんだ…」

　ライオンの目から、涙がこぼれ落ちた。そしてふくろうの目からも、涙が流れていた。

「誰だって、傷つくのは怖いものじゃ。じゃが、自分を生きるためには、傷つくのを恐れていてはダメじゃ。自分の心の中にある輝きに従って、前に進んでいくしかないのじゃよ。そして、たとえ親であっても、自分の子が自分の道を歩いていくことを止めることはできんのじゃ。」

　ここまで言うと、ふくろうは涙を払いながら言った。

「お前はまだ子どもじゃ。しかし、いつかはどんな動物でも大人にならねばならん。大人になるということは、親と自分は別々の、違う存在であることに気づき、そして、自分の生き方を始めることじゃ。お前の歳では確かに不安が多いじゃろう。旅に出て、お前が無事に帰ってこられるという保証は無い。じゃが、それでも、心が輝いているのならば、その道に従うことをわしは勧める。なぜなら、それが"本当にお前が生きる"ことになるからじゃ。命というのは、どれだけ長く生きるかなど問題

ではない。お前が、どれだけお前らしく生きたかどうか
じゃ。ライオンならば、この地球に何百頭もおる。ふく
ろうなどは種類が豊富じゃから、もうそこら中にウジョ
ウジョおるのじゃぞ！」
　ふくろうはちょっとふざけた口調でそう言った後、ま
た声のトーンを戻して言った。
「ライオンとして長く生きたとしても、お前が生きたこ
とにはならん。お前は、お前の心の輝きに従って生きれ
ばよいのじゃ。」

Ⅶ

　月の無い夜から、13日目の朝を迎えた。
　ライオンは、昨日の夜ふくろうと一緒に考えたことを、今日実行しようと決めていた。先ずは、狩りから戻ってきたお父さんに、旅に出たいという話をしようと考えていた。

　昨晩、お父さんがどんな反応をするか、すごく不安だとふくろうに伝えると、練習をしてみようと言うので試してみた。けれど、ふくろうとお父さんはあまりに性格が違いすぎた。
「お父さん、僕、旅に出たいんだ！」
「ホゥ、旅じゃと？　それはいいのぉ。」
　そんな、まったく練習にならなかった練習風景を思い出して、ライオンはつい独りで笑ってしまった。

「お父さん、僕、旅に出たいんだ！」
　何度となく、頭の中で繰り返した言葉を、ついにライオンはお父さんの前に座って伝えた。
「旅？」
　自分の子が急に改まって想像もしていなかったことを言い出したので、頭で処理するのに時間がかかり、

「お前が、旅に…？」

と、ライオンのお父さんは驚いた顔をしたままつぶやいた。

「うん。」

「お前が…、旅に出るのか？」

ライオンのお父さんは何度かそう口にしながら、何かを思いめぐらせているようだった。ライオンには、お父さんが何を考えているのか全く想像もできなかったけれど、ひとまず頭ごなしに怒鳴られるようなことにならなかったので、少しだけホッとしていた。

「まさか…、お前がな！」

しばらくお父さんは自分の頭の中を整理していたようで、頭や目の方向を少しずつ変えながら何かをつぶやいていたけれど、急に表情が明るく変わり、

「そうか、お前だったのか！　そうか、そうか。」

っと、ライオンには理解できない言葉を繰り返した。

「父さんはな、旅に出るのが、長年の夢だったんだ！」

その言葉を聞いて、驚いてお父さんの顔を見ると、お父さんも本当に嬉しそうな笑顔でライオンの顔を見ていた。

「あれはお前と同じくらいの頃だったかな？　こんな風に父さんも、親父に話をしたことがあったんだ。でもな、お前たちは知らないが、父さんの親父は厳しくてな、『何を寝ぼけたことを言っておる！　お前はいずれ、こ

の群れを率いていくリーダーにならねばならんのに、旅
などしとっても何の役にも立たん！』そう言って怒られ
た。でもその頃の父さんはどんなことでも思い通りにな
ると信じておったからな、どんなに親父に反対されても
旅に出るつもりでいたんだ…」

　いつも堂々と自信をみなぎらせているお父さんらしい
と思いながら、ライオンは初めて耳にする話をわくわく
する気持ちで聞いていた。

「ところが、その日の翌日、親父が狩りに出たきり戻ら
なかったんだ。親父は狩りが得意だったはずなのに…。
戻ってきた仲間から話を聞いたら、『狩りの最中もどこ
か上の空で、気が付いたら俺たちとはぐれていたん
だ』って、すまなそうに話してくれた。きっと父さんが
旅に出ると言ってきかなかったせいだろう。なんでも思
い通りになると思ってきたからな… その時初めて、自
分の力ではどうにもならないことがあると知ったんだ。
それから暫くは自分を責め続けてな… だから状況的に
も精神的にも、旅に出られなくなってしまったんだ。」

　そう話すお父さんの表情は、遠くを見つめたまま変わ
らなかった。

　もしお父さんが、ライオンという動物じゃなかったら、
今頃、涙を見せていたかもしれない…

　ライオンは"簡単に泣いてはいけない"という風習を
持ったライオンという動物が、少し哀しく思えた。

「いまでも、憧れている。知らない世界をこの目で見てみたい。だから… 子どもができて、その子が旅に出たいと言ってくれるのを待っていた。」

　ライオンは、長く一緒に暮らしていても、本当のお父さんをまだ自分は知らないのかもしれないと感じていた。

「実は父さんは待ちきれなくてな、お兄ちゃんには一度聞いたことがあるんだよ。お兄ちゃんは父さんに似てるって言われてるだろ？　だから、あの子も本当は旅をしたいんじゃないかと思って、ついな。」

　お父さんはちょっと照れたように笑いながら続けた。

「でもあっさり言われたよ。『旅なんか興味ないよ。リスクが高いだけで、得るものなんかないでしょ？』ってな。なっ？　お兄ちゃんらしいセリフだろ？」

　お父さんが楽しそうに話しながら、自分に笑いかけてくるのが嬉しくて、ライオンは一緒になって笑った。

「お父さんは、僕が旅に出ることを賛成してくれるの？」

「私は決めていた。自分の子どもが旅に出たいって言ったら、絶対に賛成してやるぞってなっ！」

「嬉しいの？」

　ライオンはお父さんの顔を見て、思わず聞いていた。

「嬉しいさ。お前の夢は、父さんの夢でもあったんだから。長い間、ずっと夢見てきた。」

　この日の夕陽は、ライオンには特別に美しく見えた。
夕陽だけでなく、この地球の、ライオンの目に映る全て
のものが、夕陽に照らされて赤く染まっていく姿が、と
てつもなく美しいと感じていた。その風景を永遠に自分
の中に残すかのように、ライオンは深く深く息を吸い込
んだ。

　想像もしていない事態が起きていく。ライオンは、早
くふくろうに報告したくてウズウズしていた。
　一番反対されるだろうと思っていたお父さんがあっけ
なく賛成してくれたので、お母さんも「お父さんが良
いって言うなら、いいわよ」っと、簡単に納得してくれ
るような気がしていた。

　ところが、ライオンの想像はいつも裏目に出るようで、
ライオンのお母さんは猛烈に反対した。
「あなたが旅だなんて、絶対にダメです！　お父さんが
何と言おうと、私は絶対に許しませんよっ！」
　このお母さんの異常なほどの怒り方には、ライオンに
付き添っていたお父さんさえも驚いていた。けれどお父
さんは、怖がるライオンの目を見つめ、黙ってうなずい
た。

　… 大丈夫だ。誰が反対したとしても、父さんはお前
の味方だよ！
　お父さんの目が、そう語っていることを、ライオンは
しっかりと受け止めた。

「母さん、俺のわがままを許してくれ。この子が旅に出
たいという気持ちを、大切にしてやりたいんだ。」
　ライオンは、父親が頭を下げる姿を初めて目にして、
涙がこぼれた。

　ライオンのお母さんは、それでもしばらくは、すごい
勢いで怒っていたけれど、ある瞬間を境に、今度は大粒
の涙を流し始めた。
「私は… あなたのことが誰よりも心配だったの…」
　お母さんがそう言いながら泣いている姿を、ライオン
は複雑な心境で見つめていた。

VIII

　夜空には、少しも欠けたところのない、満月が浮かんでいた。

「どうじゃ？　こうして動き始めてみると、お前自身が、勝手に壁を作っていたことがわかるじゃろう？　お前の父親も、母親も、お前の敵ではなかったのじゃ。」
「本当だね。僕はいままで、自分で諦めという名の壁を作って、その前でうずくまってた。」
「そうじゃな。旅に出て、何か問題が起きたとしても、簡単に諦めてはならんぞ！　お前は独りではない！　お前が何か足りないと思ったときは、神と一体だということを思い出すのじゃ。じゃからお前が必要とするものは、絶妙なタイミングで与えられる。そのことを信じて進むのじゃ！」
　ライオンは、ふくろうの目を見つめ、しっかりと頷いた。
「お前はいま、宝の地図を手にして、自分の心の中にある輝きに従って進もうとしておる。お前の夢だった旅をして、あこがれの海を目にしたとき、お前はきっと宝物を手にしたと感じるじゃろう。そしてそのとき、お前は自分が光の存在で、輝きを放っていたことに気づくはず

じゃ。」

「僕が光の存在？」

「そうじゃ。そのときが来れば、きっと実感できるはず
じゃ。光り輝いていることを…。では、その輝きとはな
んじゃと思う？」

　その問いに、ライオンが首を傾けたまま黙り込んでし
まったので、見かねたふくろうが優しく答えた。

「それは、愛じゃ！　お前の中に愛が満たされ、愛があ
ふれ出していくのじゃよ。」

「愛…？」

「そうじゃ。この地球は愛の星じゃ。わしらは愛を学ぶ
ためにこの地球に生まれてきたんじゃ。… あの晩、お
前が命を捨てようとしたとき、お前はまだそのことを知
らなかった。よいか、この地球は愛であふれておる。全
てが愛なのじゃ。」

　ふくろうの大きな目が、一段と美しく輝き始めていた。

「お前にとって、愛とはどんなものじゃ？」

「愛っていうのは、誰かを大切に思ったり、好きになっ
たりする気持ちでしょ？」

「そうじゃ、それも愛じゃ。しかし、それだけではない。
いまお前が知っている愛だけでは、この地球はきっとま
だまだ殺風景に見えておるはずじゃ。じゃが、これから
愛を知り、たくさんの愛に気づくことができるようにな
れば、この地球がどれほど美しいかがわかるじゃろう…」

　ライオンは言葉にしなかったけれど、昨日の夕陽の美しさを思い出していた。
「まずはこの地球（ほし）が愛の星だと思って見てみることじゃ。そうすれば、いままで気づかなかった愛に気づくようになるじゃろう。そして、次第に見えている愛だけではなく、見えない愛にも気づいていくことになるのじゃ。」
「見えない愛…？」
　意味がわからずそうつぶやいたライオンを見つめ、ふくろうは大きくうなずいた。
「この地球（ほし）にひとつの命が生まれ、その命が亡くなったとしたら、そこに残るものは何じゃと思う？」
「命が終わったら、何も残らないよ。」
「そう、頭で考えたらそうじゃ。でもあるのじゃ。『命－命＝愛』… つまり愛だけは残るのじゃ。… これが見えない愛、感じる愛じゃ。」
「命が終わっても、愛は残るの？」
「そうじゃ。お前もお祖母さんを喪っておるから、そろそろ気づき始めたころじゃろう？」
　そう言われても、ライオンは首を傾けたまま、不思議そうな顔をしていた。
「大切な誰かを喪ったとき、残された者は始め、自分の身を引き裂かれるほどにもがき苦しむ。少なくとも、わしはそうじゃった…。子を喪い、妻も喪ったと思ったわしは、生きる意味を見失った。… 何を隠そう、実はわ

しもそのとき、月が無い夜のお前と同じようなことを考えたんじゃ。わしは飛ぶのがヘタじゃからな、高い木から落ちてしまおうと考えた。ところが、やっぱりわしは鳥じゃった！　高い木の上から目をつむって落ちても、地面が近づくと無意識に翼を羽ばたかせておったんじゃ。… あのときは、これで本当に死ねると思っておったんじゃがな？　フォォッフォフォッフォッ！」

　いつものふくろうの笑い声が、森の中に悲しく響いた。
「いまだからこうして笑い話にしておるが、あのときは本気じゃった…。じゃが、わしがそんなおかしなことをしたもんじゃからな、わしに申し訳ないと思い、木陰に隠れておった妻が姿を現したんじゃ。恐る恐るわしの前に姿を現した、あのときの妻の姿は、いまもわしの脳裏に焼きついておる。ヴィーナス誕生の瞬間を目撃したような感覚じゃった！」

　ライオンには、ふくろうがふざけているのか、本気で言っているのか、判断ができなかった。
「そして、そんな妻も2年前に先立った。さすがに自ら死のうとは考えんかったが、この体の半分が消えてしまったかのように、自分の存在が軽く感じられたもんじゃ。いままであったものが無い、そのことばかりを気にしては落ち込んでおった。じゃが、しばらくして妻の愛に気づき始めたんじゃ。目を見開いても妻の姿は見えんが、目を閉じると、そこには妻の笑顔が見える。耳を

澄ましても妻の声を聞くことはできんが、心を澄ますと妻がわしに語りかけてくる。肌のぬくもりは消えても、心はいまでも妻の愛が温めてくれておる。そして、これも愛なのじゃ。妻が残してくれた、わしへの愛じゃ。」

　ふくろうの輝く瞳から、美しい雫が流れ落ちた。
「この地球には、そうやって亡くなった者が愛する者のために残してくれた愛の結晶がたくさん残っておるんじゃよ…」

　そう、つぶやくように言ったあと、ふくろうはしばらく目を閉じた。

「それから… 見えてる者からの愛にも、さまざまなものがある。」

　そう切り出したふくろうは、明るい声に変わっていた。
「お前はさきほど、愛は『誰かを好きになる気持ち』と言っておったが、好きじゃない相手から教わる愛もあるのじゃ。これはかなり上級編の愛じゃがな… これはなかなか激しい愛じゃぞ！」

　と言って、ちょっといたずらな笑顔を見せた。
「好きじゃない相手からの… 愛？」
「そうじゃ。たとえば、わしら夫婦のヒナを襲ったタカのことじゃ。わしにとってタカは始め、憎くて憎くて仕

方ない存在じゃった。タカなどこの世に存在して欲しくない… そう思ったことも何度もある。じゃが、そうやってタカを憎み続けて、何年か経ったある日、わしは見たくない光景を目にしたんじゃ。」

　ライオンは少しドキドキしながら、ふくろうの話に耳を傾けた。

「わしはその日、なぜかいつも通っているのとは違うところを飛びたくなってな、少し遠回りして帰ろうと思った。そして見慣れない光景を楽しんでいたとき、ある木の枝にタカの巣を見つけたんじゃ。そしてそこには、まだ生えたばかりの白くふわふわした羽毛をまとい、親の帰りを待っているヒナたちがおった。それを見た瞬間、電撃が走ったんじゃ。わしにとって最悪の存在のタカじゃが、そのタカをこんなにも求め愛する者がいるんじゃと…。そして、タカが『誰にとっても憎むべき存在』でないのならば、“憎い”と思うのは、わしの感情じゃということを。」

　ふくろうは、目の前で小さく揺れている木の葉を見つめていた。

「どんなにタカを憎み続けても、報われるどころか、自分が苦しいだけなのじゃと… そのことに気づいたときが、いま考えると一番辛かったかもしれんのぉ…。問題はタカではなく、“自分”じゃということを突き付けられたのじゃから…」

　そう言うと、ふくろうはライオンへと視線を落とした。
「それでやっとわしは、自分の中にある“憎しみ”という感情を手離そうと思えたんじゃ。… 前に話したイヤな感情を手離す方法を実践したんじゃ。覚えておるか?」
「うん。その感情を、全身でとことん味わうってことだよね?」
「そうじゃ!　わしはタカに対して湧きおこる“憎しみ”という感情を、とことん味わい続けたんじゃ。何日も、何日も。あれはどれくらい続いたじゃろうか…?　湧き出てくる間隔は徐々に長くなっていったが、それでも湧きおこるもんじゃから、もうこの感情はわしから消えることがないようにさえ思ったものじゃ…」
　ふくろうはそう言いながら、首を小さく横に振った。
「… そんなとき、ふとシナリオのことを考えた。もし自分がシナリオを考えたとしたなら、この出来事はどこへ繋がっていくのじゃろうかと…。その答えはすぐには出せんかったが、おぼろげながら思うことが徐々に確信へと変わっていった。」
「……」
「… どうやら生まれる前のわしは、この地球のわしに、パートナーをとことん愛する生き方をさせたかったようじゃ。そしてそのことを気づかせるためには、ヒナが襲われて死ぬという出来事がどうしても必要だと考えたん

じゃな。そう思うと、わしのシナリオの中で、ヒナを奪う役はとても重要なんじゃが、これを進んでやりたがる者はおらんじゃろう？　もしわしがお願いしたら、お前はやってくれるか？」

「僕が？　そんなの絶対、絶対イヤだよ！」

　急に話を振られて、ライオンは慌てて拒否した。ふくろうは小さく笑ってから、

「そうじゃろ？　やっぱりこの役はみんなやりたくないのじゃ。そう思うと、見事にこの役割を果たしてくれたタカは、見方を変えれば神の使い、… 天使のようじゃと思わんか？」

「タカが天使？　憎い相手が…？」

　ライオンの頭の中では、自分をバカにしてきた友達の顔が浮かんでいた。そしてイヤイヤ言った。

「憎い相手も、自分のシナリオの役をしてくれる天使だから、愛せっていうの？」

「… そうできれば、楽でいいんじゃがな…」

　ふくろうは、悲しげな笑顔を見せながら答えた。

「愛せと言って愛せるならよいが、残念ながら憎んでいる相手を愛するなんてことは、言葉でいうほど簡単なことではない。… そうではなく、憎むことを手放す… つまり許すことじゃよ。これも立派な愛なのじゃ。わしは、自分のシナリオに必要な役を演じたタカを許し、存在を忘れるようにしたんじゃ…」

「でも、毎日会う相手だったら？　忘れられないよ…」
「それはまだ、お前の中に処理しきれていない感情が
残っているからじゃ。相手を見ると出てくる感情を、全
身でとことん味わい続けるんじゃ。そして、本当にお前
がその感情を味わい尽くしたとき、きっと面白いことが
起こるじゃろう…」
「何が起こるの？」
「その答えは、お前が体験して見つけるんじゃ！　体験
した者にだけ、神が奇跡を見せてくれるじゃろう… 楽
しみにするんじゃな。」
　そう言ってふくろうは、嬉しそうに微笑んだ。

「そうやって、さまざまな愛に気づき、お前の中に愛が
満たされていけば、この地球が愛の星で、何が本当に大
切なのかを、ハッキリと理解できるようになるはずじゃ。
人間たちも、早くこのことに気づけば、一人で広大な土
地を所有したり、何十人分もの食料を買い占めたりする
ような真似はしなくなるじゃろうに…。死んだ後の世界
にも財産や権力を持っていけるとでも思っておるんじゃ
ろうか…？」
　ふくろうはそうつぶやくように言ってから、脱線した
ことに気づき、
「… とまぁ、その話はよいとして。」
　と、慌てて付け加えた。

「そして、愛を知った者は、愛を与える役にまわるのじゃ。」

「愛を、与える…？」

「そうじゃ。お前のシナリオにとっても、わしのシナリオにとっても、ここからが一番大事な話じゃ！　これはお前にとってだけではなく、わしにとっても、この地球に愛を残していくための話なのじゃ。」

　そう言うと、ふくろうはゆっくりと目を閉じた。ライオンも同じように目を閉じた。そして深く息を吸い込んでからゆっくりと目を開けたとき、風が森の木を揺らした。

　計画を実行したあの日、あれほど怯えていた夜の森が、いまはやさしく守ってくれているようにさえ感じられるのが嬉しくて、ライオンは小さく微笑んだ。

　ふと、ふくろうを見上げると、大きく開いた目は遥か遠くを見つめていた。それから、ライオンの耳に心地よいふくろうの声が響いた。

「この地球は、遠いとおい昔、みんなが輪になって生きておったそうじゃ。すべての生き物が手を取り合い、自分の中からあふれ出す愛を感じ、いまある命を楽しみながら生きておった。そして、自分以外の者に対しても、

幸せであることを願い合うことができておったそうじゃ。
ところがいつの時代か、人間が急激に増えた時代があっ
てな、そのとき人間たちの中から、自分たちだけの輪を
つくろうと言い出す者が現れたんじゃ。人間がそう言い
出した途端、他の生き物たちまでもが、自分たちだけの
輪をつくろうと動き始めた。こうして次々と新しい輪が
でき始め、この地球の生き物たちは、それぞれが別々の
生き方をするようになったんじゃ。」

　ふくろうは、はやる気持ちを抑えるために、意識して
ゆっくりと話した。
「さらに、この地球の輪から一番最初に外れた人間たち
は、人間だけの輪をつくる予定じゃったが、この提案を
した者が、あることに気がついたんじゃ。『このまま輪
になってしまったら、自分がこの提案を思いついた"特
別な存在"であることが判らなくなってしまう』と。そ
して、自分が特別であることがわかるようにするために
は、自分を先頭にして一列に並ばせればよいと考えつい
たんじゃ。自分が先頭に立てば、常に誰が一番偉いかが
ひと目でわかる。そうして先頭に立った者は、いままで
感じたことのない優越感にひたり、最高の気分を味わっ
た。そして、一番最後に並んだ者は、愚かだとみんなに
笑われ、自分を愛することを忘れていった。たった一人
の人間が自分のことしか考えられずにつくってしまった
ほころびが、始まりと終わりをつくり、偉い者と愚かな

者をつくり、敵と味方をつくり出した。そして、この地球の命の価値が違うという嘘を広めてしまった… これが、いまの世界の始まりじゃ。」

　ライオンは、人間の話を聞きながら、自分たちのことを言われているように思えてうつむいた。

「生き物たちの愛が少なくなるということは、この地球の愛も減っていくということじゃ。その状態が長く続き、いまではこの地球の存続さえも危うい状態にまできてしまった。」

　ふくろうは寂しげに首を振った。

「しかしな、希望はあるのじゃ！　この地球に生まれた者たちは、本当は知っておるからな。何が大切かということを。そのことに気づき、もう過ちを続けていてはいけないと気づいた生き物たちが動き始めたんじゃ！　みんなが輪になって生きていたという、この地球の神話を信じて…。自分たちだけの輪を捨てて、隣におる者と手を繋いだ。始まりも終わりも無い、上も下も無い、すべての者が幸せに生きることを願い合える、そんな地球で生きることを願って。」

　ふくろうの話を聞きながら、ライオンは自分が小さな世界しか知らずに生きてきたことを改めて知った。

「こうしてこの地球の神話が徐々に広まり、いままさに大きな輪ができてきておるんじゃ。残るのはあと二つ…

お前たちライオンと、人間じゃよ。」

　自分たちライオンが残っていることにショックを受け、ライオンは言葉を失った。

「海を見るというお前の夢が叶ったとき、お前は自分が光の存在であることに気づくじゃろう。そして自分の中に愛が満たされていくことに…。じゃが、それで終わりではない。むしろ、そこからが重要なのじゃ。なぜならお前は、自分が闇の中で苦しみもがいている状態から、愛の光を放つ存在へと変わった証拠だからじゃ。」

　ふくろうの話を聞きながら、鼓動が高まっているのをライオンは感じていた。

「なぜ、神がお前を選んだのか。それは、誰が見ても闇の中に居るということがわかるライオンだったからじゃよ。やっぱり神は粋なことをなさるものじゃ。ホホッ！もし、才能に恵まれ、誰からも愛されている存在の者が輝いたとしても、他の者の見本にはならんのじゃ。なぜなら、その者は他の者から見れば、"元々輝く素質を持って生まれてきた"と考えるからじゃよ。」

　ライオンは黙って頷いていた。

「ところが、もしお前が輝いて戻ってきたら、他の者はお前の話に耳を傾けるじゃろう。なぜだかわかるな？」

「うん。旅立つ前の… いまの僕が、誰よりもダメなライオンだってみんなが思ってるからだよね。」

「そうじゃ。でも、本当はそうではないということが、

いまのお前にはわかっておるじゃろ？」

「うん。なんだかできるような気がしてワクワクしてきた！」

「闇の中で自らの輝きを忘れている星たちに、目を覚まさせるのじゃ。お前自身の神話によって。」

「そして今夜、こうしてライオンの中で初めて神話を知った者が現れた！　さぁ、これから益々、この地球(ほし)は面白くなるぞ！」

　ふくろうは、ウキウキするのをとめられないといった様子で言った。

「よいか、お前の役割はとても重要じゃぞ！　いままで築き上げたライオンの威厳を捨てて、他の生き物たちと手を繋ごうというのじゃからな。いままでの考え方にどっぷりつかっておる者たちからは、猛反発を食らうじゃろう！　すぐに相手が変わらなくても、諦めという名の壁をつくるのではないぞ！　相手が変わるという見返りを気にすることなく、お前はただ、相手の中にも必ず輝く"宝物"があり、その"宝の地図"を相手が見つけることを信じて、純粋な愛を与え続けるのじゃ。」

　話を聞きながら、ライオンは目を閉じて、この数日間のふくろうの姿を思い出していた。自分の宝物を知らず、生きる意味を見いだせずにいた自分に、宝物が必ずある

と言ってくれたこと。それを見つける宝の地図が、自分
の中にあると教えてくれたこと。そして、まだ自分が信
じることができないときから、自分には必ず明るい未来
が待っていると信じてくれたこと…。ライオンはゆっく
りと目を開き、ふくろうを見てうなずいた。
「そうして、ライオンたちの中にも、自分の宝物を見つ
け、愛に満たされた者が増えていけば、いつかライオン
たちもこの大きな輪に加わる日が来るじゃろう。他の生
き物たちは、いつかのその日を夢見て、いまも待ってお
る。そしてこれからも、ずっと信じて待っておるのじゃ。」
　ここまで一気に話したふくろうは、一度目を瞑り深く
呼吸をしたあと、再び遠くへ視線を移した。
「そして、いつの日かライオンたちの間に神話が広まり、
ライオンが手を繋ぎ始めた頃、きっとライオンの言葉が
わかる人間が現れる日が来るじゃろう。その日が来たら、
ワクワクしながらみんなで待とうではないか。人間たち
のあいだに神話が広まっていくことを。そして、人間た
ちが手を繋ぎ、最後に… この地球に大きなひとつの輪
ができる日を。」

Ⅸ

「ふくろうさん、ありがとう。僕がこうして生きることができるのは、ふくろうさんのお陰だよ。」

　ライオンは旅に出る前に、ふくろうに会いに来て、心からお礼を言った。

「少しでもお前の役に立てたなら、わしも幸せじゃ。お前と出逢えて、たくさん話すことができて、わしもこの数日間、本当に楽しかった。」

　そう言って笑った。

「お前にひとつ頼みがあるのじゃ！」

　そう言うと、ふくろうは遠いとおい空へとゆっくりと視線を向けた。

「お前が無事に旅から帰ってきたときには、またわしに会いに来て欲しいのじゃ。そしてお前の目で見たもの、お前の耳が聞いたもの、そしてお前の心が感じたこと…そのことをなるべく詳しく聞かせて欲しいのじゃよ。わしはお前がこの場所に戻ってくる日を、ずっと待っておる。」

　ライオンは遠くを見つめているふくろうの横顔をじっと見つめた。

「… かと言って、急ぐ必要はないぞ。わしは待つことの楽しみ方を知っておるからな。」

　そう言い終えたふくろうは、ちょっと首を傾げてから、また話し始めた。

「しかしな、もしかしたらお前がこの場所に戻ったとき、この木の枝にわしの姿は見えんかもしれん。それでも、この枝に向かって話してくれればよいのじゃ。わしはだいぶ歳じゃからな、お前が戻ってくる頃には枝につかまっておれんようになって、巣の中で寝ておるかもしれんのじゃ。じゃが、お前の声ならわしはすぐにわかる。じゃから、お前はたとえわしの姿が見えなくとも、この枝に向かって話してくれれば良いのじゃ。」

　ふくろうはそう言って、ライオンを見つめた。

「… そのときに、わしからお前に最後のプレゼントをやろう。プレゼントの中身は… どんなにときが経っても変わらないものじゃ。」

　ライオンはどこかで気づいていた。きっと自分が再びここを訪れる頃には、ふくろうがもうあの場所には居ないということを。そう、目に見える形では…。そして、ふくろうからの最後のプレゼントを、自分が既に受け取っているということを。

　この地球（ほし）は、愛の星じゃ。全てが愛で出来ておる。たとえ形あるものが消えたとしても、愛だけは残るの

じゃ！
　フォォッフォフォッフォッ！
　フォォッフォフォッフォッ！
　ふくろうのクセのある笑い声と共に、この言葉がライオンの中で何度も何度も繰り返されていた。

― エピローグ ―

　私はいまから数年前、一人で旅行をしていたときに、一頭のライオンと出逢いました。

　ライオンといっても、まだ生まれて数ヶ月の子どものライオンで、ライオンの方も人間に会うのが初めてだったらしく、驚きを隠せない様子で、お互いしばらく見つめ合う時間が続きました。私は特別動物好きというわけではないのですが、そのライオンがちいさくて可愛かったのと、透き通った目があまりに美しかったので、思わず見とれてしまったのです。けれどふと、近くに親ライオンが居るのかもしれないと思うと急に怖くなり、慌てて離れようとしたときでした！

「どうしたの？」

　と、ライオンの声が聞こえたのです。突然のことに驚きましたが、そのときの私は、どう考えてもライオンが話すとは思えなかったので、何か大掛かりないたずらが仕掛けられているのだろうとカメラや人影を探しました。

「何かあったの？」

　と、また話しかけてくるので、私はこの誰かのいたずらに騙されたふりをしようと、下手な芝居をしてみました。

「ラ、ライオンが話せるなんてっ！」

　… いま思い返すと、この芝居の方がよっぽど恥ずかしいのですが…。けれどライオンは気にすることなく、
「やっぱり僕の言葉がわかるんだね！　僕は見た瞬間に感じたんだ。絶対僕の言葉がわかるって！」
　と嬉しそうに話してくるのです。私はろくに話も聞かず、ただこのトリックの仕掛けばかりを気にしていたのですが、そんな私にライオンは真剣な面持ちで、あなたにお願いがあると告げたのです。私は深く考えず、「私にできることならいいけど…」と答えていました。ところが、そのライオンのお願いを聞いて、益々私は驚きました。
「お願い！　この地球を救って！」
　このライオンのお願いを、すぐに理解することができる人が居るでしょうか？　誰に言われたとしても簡単に理解することができないお願いを、私はライオンの子にされてしまったのですから。

　それからライオンは、順を追って説明してくれました。ライオンたちの神話について。そして、大きな輪を完成させる最後のピースが私たち人間で、光栄にも私がライオンの言葉を初めて理解することができた人間だということを。

　全ての話を聞き終えたときには、これがトリックとは

146

思わなくなっていましたが、今度は自分が神話を広める
役だということが受け入れられず、何とか逃げる方法は
無いかと考え始めました。

　何しろ当時の私は、財産は勿論、肩書き、地位、キャ
リア、学歴、家庭、恋人…、とにかく何一つ持っていな
かったので、いわば負け組代表のような者でした。そん
な私を一部の人が、何も持っていない… つまり"手"が
"空"なので『空手家』と呼んでいたほどです。いま思
うと、空手など一度もしたことがない私には、かなりブ
ラックなあだなだったとは思うのですが、負けることに
慣れていた私は、結構このあだなを気に入ってさえいま
した。

　なので、こんな私の言葉を誰が聞いてくれるのだろう？
… と、そんな自分を守ることばかり考えていた当時の
私には、神話を広めることなど出来なかったのです。

　それから私は、ライオンにとってのふくろうのような
人たちに出逢い、自分を愛することを学び日々実践して
いきました。文章で書くと一行ほどですが、それはそれ
は地道な道のりでした。

　そうしてやっと私が私であることを受け入れ、愛しく
思え始めたときに、ふと自分が宝物を手にしていること
に気づくことができたのです。そのときになってはじめ

て神話を広めていこうと思うことができました。やはり
神話を広めるためには、私自身が先ず愛を満たす必要が
あったわけです。

　こうして私がまとめた、ライオンたちの神話は、きっ
と私と同じ"想い"を持つ人たちに届いていくのでしょ
う。そして、この地球も、この地球のすべての生き物た
ちにも、キラキラと輝く幸せな未来があることを信じて、
私はペンをおきます。

＜作者あとがき＞

　私がこの物語を書き終え、初稿を文芸社さんに送ったのは、平成22年6月30日となっていました。

　いま思い返してみると、あの頃はまだありのままの自分を受け入れられずにいたので、きっと大いなる存在が、きちんと自分自身の愛で自らを満たすことが出来るようになるまで待っていてくださったように思えています。

　自分を愛することがどんなに大切かということを頭で理解していても、本当に自分の中に落とし込むまでに12年もかかってしまいました。私は長い間、自分のことが大嫌いだったので、自分に対する見方を変えるのは簡単なことではありませんでした。けれど、そんな私に対して、ずっと変わらずに私の良い面を見続けてくださったのが、株式会社夢を叶える学校の武田葉子さんと、元国連職員の萩原孝一さんでした。詳細は割愛しますが、お二人はそれぞれの角度からこの地球(ほし)のこと、神や宇宙のこと、そして何も持っていないと思い込んでいた私にも"宝物"があることを教えてくださいました。

　そして、私の常識という小さな枠を壊し、成長を見

守ってくださった松田和子さん、私が何かにチャレンジするときは必ず応援してくださった野澤祥子さん、そして私よりも先に私の中の輝きを見つけ応援してくださり、さらに本当に素敵な表紙まで描いてくださった透明水彩画家まつもとさくらさん、またここではお一人おひとりのお名前は控えさせていただきますが、本当にたくさんの素晴らしい方たちとの出逢いがあったお陰で、私は自分自身と、この人生を愛することが出来るようになりました。皆様、本当にありがとうございます。

　日々幸せを感じ、「私は私に生まれて本当に良かった！」と、心から思えていると気づいたとき、絶妙なタイミングで再び出版のお話をいただきました。

　長きに亘りご提案くださった文芸社の皆様、本当にありがとうございます。

　そして、これまでの長い年月を共に過ごしてきた家族や友人、また出版するにあたり背中を押してくれたパートナーにも心から感謝しています。

　私はこれからも、私であることを精一杯楽しみながら生きていきます。

有里　蓮

「ライオンたちの神話」に寄せて

萩原孝一（在地球宇宙人）

　初めて作者有里 蓮さんとお会いしたのは、2008年の秋ごろ、「天空の会」というバリバリのスピリチュアル系のお話会でした。そのご縁の後、彼女が共催していた「夢を叶える学校」（通称夢叶）というお茶会で毎月一度は顔を合わせる仲となりました。

　当時私は現役の国連職員として頻繁に海外出張を繰り返していましたが、どういう訳か「夢叶」の日をことごとく避けてくれ、5年間ほぼ皆勤という快挙を遂げました。

　この会では、環境問題、国際問題、死生観、家庭の問題、世界平和、幸福論、などなど和気藹々とノージャッジの精神で、それでいて深い話を数時間ぶっ通しで語り合うという「風の時代」を予感させるような「場」でした。

　そして最後は参加者全員がお互いを褒めちぎるという儀式で終了します。今ではいろいろな会で褒め合うことが当たり前のようになりましたが、当時の私は人を褒めることも、ましてや自分を褒めることがとても苦手な昭和ど真ん中オトコでした。

　それが蓮さんは何のてらいもなく、全身全霊で人を褒めることができる、まさに褒める達人ともいうべく女性

でした。蓮さんとは親子ほどの年齢差がありますが、私にとっては学ぶべきことがとても多い師匠的存在であることは今も変わりません。

その蓮さんがこのほど「ライオンたちの神話」を上梓されたことを心から嬉しく思います。

物語は、人生に絶望した幼いライオンが死に場所を求めて密林を彷徨う途中で、偶然出会った森の賢者老フクロウとの対話形式で進みます。二人の会話が気持ち良いほどに人類への皮肉となり、最後は宇宙目線からと思われる『大いなる警鐘』へと発展していきます。

人はなぜ生まれてきたのか

生きる意味とは

死ぬ意味とは

そして結末は、世の中全ては愛。この地球は愛の星。われわれは愛を学ぶためにこの地球に生まれてきた。

老フクロウは言いました、

『いまこの地球では、強いものが弱いものを襲って生きていく。どんなに辛く悲しいことでも、魂が学ぶために必要なんじゃが、魂が多くを学び、いつかこの地球に輝きが増した魂を持った生き物たちが増え続けたらどうなるじゃろうか？　きっとその時は、この地球から無意味な殺し合いは無くなるように思うのじゃ。つまりこれがこの地球に仕掛けられた大きなトリックではないかとわ

しはふんでおる』

　蓮さんは出会ったライオンから「お願い！　地球を救って！」と頼まれたそうです。私は1997年に不思議な「声」が現れ、いきなり"Save the Earth"（地球を救え）と言われました。もしかすると私たち二人は同じミッションを与えられた同志かもしれません。

　ちょっと前まで、医者からは立派な病名を付けられたり、常識人たちからは変態呼ばわりされていました。ところが最近、変人、奇人、怪人たちが増殖して、やたらと世界平和とか宇宙平安を口に出す輩が登場してきました。

　まさにこの作品は、万物の霊長第2位かもしれない動物による万物の霊長第1位と勝手に思い込んでいる人類に対する強烈な批判であり、愛の物語です。この星で起きていることは全て愛というメッセージです。

　ここ暫く全人類が翻弄され続けている流行病の正体は、実は宇宙から贈られた愛だと気づかされるのもそう遠くはないでしょう。もしかすると、ロシア、ウクライナ間の惨劇も本当は愛ある企画、これを人類の最終戦争とするための大いなるシナリオかもしれないのです。

　この星で起きている一見おぞましい出来事も見方が変われば全く見える風景も変わるということです。

　肌の色が違う、属する国が違う、信じる神様が違うという、宇宙の彼方から見たらどうでもイイ違いを巡って

ずっと争い続けているのが人類の実態です。

　思考が先行するとどうしてもジャッジしあい争いが始まります。今こそ本来の動物的感覚の世界を取り戻し、恐怖に支配される生き方から愛に委ねる生き方を選択してみてはどうでしょうか?

　幼いライオンがフクロウから教わったことはそういうことではないでしょうか?

　これからの人類史が輝かしいものとなるかどうかは、国家レベルの話ではなく、個人個人の生き方にかかっています。現在人類を脅かしている環境問題や平和の問題も、結局は一人一人の正しい認識と、覚悟を持った振る舞いの積み重ねでしか解決の緒はありません。

　この作品はそんな大きな命題を読者たちに投げかけているチャレンジングな試みだと思います。

　さあ、われわれはこの先どのように生きていきましょうか?

　<萩原孝一さんプロフィール>

1950年生まれ。映画「Always 三丁目の夕日」さながら質素で幸せな少年時代を送る。

受験に失敗し、仕方なく席を置いた大学を学生運動のあおりで自主退学。活路を見出すため渡米。カリフォルニア州立大学、ジョージタウン大学で修士号を取得。

帰国後、JICA（国際協力事業団）の派遣専門家として
ケニアに中小企業育成アドバイザーとして赴任。その後、
国際連合の専門機関（UNIDO：国連工業開発機関）に
採用され27年勤務する。

47歳の時、突然謎の「声」が現れ、スピリチュアル世
界に強制的に誘われる。

世にも稀なスピリチュアル系国連職員の誕生であった。
以来、「戦う男」から「愉しむ人」への大変身を遂げる。

2012年、定年退職を迎え年金生活に突入。

現在、世界平和を真剣に目指すための新たな国際秩序の
設立を目指し、全国で講演中。

「在地球宇宙人の絆」代表として、世界平和構築の切り
札「団塊の世代」の覚醒に奮闘中でもある。

著書に、「スピリチュアル系国連職員、吼える！」（2011
年たま出版）、「人類史上初 宇宙平和への野望」（2016
年廣済堂）、「定年後ヒーロー」（2020年みらいパブリッ
シング）、共著に「な〜んだ、君も在地球宇宙人か!?」
（2022年ヒカルランド）など

著者プロフィール

有里 蓮（ありさと れん）

東京生まれ。京都在住。
自己啓発系セミナー会社を退職後、心と目に見えないスピリチュアルの世界に惹かれ、心理学や日本伝統式レイキなどを学ぶ。
2006年より夢を叶える学校（現在は株式会社）に通い始め、2017年より「開花コース」を共催中。

カバーイラスト：まつもと さくら

大阪在住。嵯峨美術短期大学卒。茨木市展市長賞ほか多数受賞。映画「1/4の奇跡」や企業商品に採用。百貨店で10年以上にわたり作品展開催。帝国ホテル、英国などで個展開催。2023年1月伊勢神宮へ献納。ホームページfuwafuwasakura.com

ライオンたちの神話

2023年9月15日　初版第1刷発行
2024年6月30日　初版第2刷発行

著　者　有里　蓮
発行者　瓜谷　綱延
発行所　株式会社文芸社
　　　　〒160-0022　東京都新宿区新宿1−10−1
　　　　　　　　電話　03-5369-3060　（代表）
　　　　　　　　　　　03-5369-2299　（販売）

印　刷　株式会社文芸社
製本所　株式会社MOTOMURA

ISBN978-4-286-24239-2